Intimités

DE LA MÊME AUTRICE

Les Pleureuses, *Stock, 2017* ; *Le Livre de Poche, 2018*

Katie Kitamura

Intimités

roman

Traduit de l'anglais (États-Unis)
par Céline Leroy

Stock
la cosmopolite

TITRE ORIGINAL :
Intimacies

Couverture : © Studio Sander Patelski/*Theo van Doesburg en Cornelis van Eesteren, Maison d'Artiste, ca. 1923*

ISBN : 978-2-234-09300-3

À ma famille

1

Ce n'est jamais facile de s'installer dans un nouveau pays, mais pour tout dire, j'étais contente d'être loin de New York. La ville me déboussolait depuis la mort de mon père et le départ subit de ma mère pour Singapour. Pour la première fois, je comprenais combien mes parents m'avaient ancré dans cet endroit dont aucun de nous n'était originaire. C'était la longue maladie de mon père qui m'avait fait rester, et son issue malheureuse m'avait soudain rendue libre de partir. Sur un coup de tête, je posai ma candidature pour un poste d'interprète à la Cour, mais après mon embauche et mon déménagement à La Haye, je m'aperçus que je n'avais pas l'intention de revenir à New York, que je ne savais plus comment y être chez moi.

J'arrivai à La Haye avec tout juste un contrat de travail d'un an. Les premiers jours, alors que la ville m'était encore étrangère, je prenais le tram sans but et marchais pendant des heures si bien qu'il m'arrivait de me perdre et d'être obligée de consulter le plan sur mon téléphone. La Haye avait un air de famille avec les villes européennes où j'avais passé de longues périodes au fil des ans, et peut-être était-ce pour ça que je m'étonnais de la facilité et de la régularité avec lesquelles je me perdais. Dans ces moments, quand la familiarité cédait à la confusion, je me demandais si je pourrais un jour devenir plus qu'une personne de passage dans cet endroit.

Néanmoins, en arpentant ces rues et ces quartiers, j'avais de nouveau l'impression que des choses étaient possibles. Je traînais mon chagrin depuis si longtemps que je ne le remarquais plus ni ne voyais à quel point il émoussait ma sensibilité. Mais voilà que je m'élevais petit à petit. Un espace s'ouvrait. Les jours passant, je devinais que j'avais eu raison de quitter New York, même si j'ignorais si j'avais eu raison de venir à La Haye. Les détails du paysage ressortaient de manière saisissante et parfois surprenante – ces lieux n'étaient pas encore usés par leur grande fréquentation ni déformés par la mémoire, et j'avais commencé à chercher quelque chose même si je ne savais pas exactement quoi.

Peu après, je rencontrai Jana par le biais d'une connaissance londonienne commune. Jana s'était installée deux ans avant moi aux Pays-Bas pour devenir commissaire d'exposition au Mauritshuis – l'intendante d'un musée national, ainsi qu'elle qualifiait son poste avec un haussement d'épaules ironique. D'un caractère à l'opposé du mien, elle était d'une ouverture presque obsessionnelle alors que j'étais devenue de plus en plus réservée ces dernières années – la maladie de mon père m'ayant implicitement prévenue qu'il fallait se prémunir contre un excès d'espoir. Elle entra dans ma vie à un moment où j'étais plus sensible que d'habitude à une promesse d'intimité. Sa compagnie volubile me soulageait de manière rafraîchissante, et je me disais que, par nos différences, nous atteignions une espèce d'équilibre.

Jana et moi dînions souvent ensemble, et ce soir-là elle avait proposé de cuisiner parce qu'elle était trop fatiguée pour aller au restaurant ; cela nous ferait économiser de l'argent à toutes les deux, et il y avait la question de cet emprunt d'un montant non négligeable. Peu de temps auparavant, Jana avait acheté un appartement près de l'ancienne gare et elle m'incitait depuis à m'installer dans le quartier quand le bail de ma location courte durée arriverait à terme. Elle s'était mise à me transférer des annonces, m'assurant que le quartier avait beaucoup à offrir : il était bien desservi par les transports en commun, et son trajet pour aller au travail avait été facilité puisqu'il était direct en tram et qu'elle n'avait plus de changement à effectuer.

En quittant l'arrêt du tram pour rejoindre son immeuble, du bris de verre crissa sous mes pieds. L'endroit où vivait Jana était un édifice modeste agrémenté de balcons, coincé entre des logements sociaux et une nouvelle copropriété en verre et acier, deux facettes d'un quartier en rapide mutation. J'appuyai sur le bouton de l'interphone et Jana me fit entrer sans un mot. Elle ouvrit la porte avant que j'aie le temps de frapper, c'était l'enfer au travail, annonça-t-elle sans préambule, si elle avait quitté Londres pour La Haye, ce n'était pas pour passer sa vie sur des tableaux Excel. Et pourtant, c'était précisément de cette manière que se déroulait chaque journée, elle se prenait la tête sur des lignes de budget et des communiqués de presse, et pour ce qui était de l'art, elle en voyait à peine, à croire que quelqu'un d'autre s'en occupait. Elle me fit signe d'entrer et prit la bouteille de vin que je lui tendais. Viens t'asseoir avec moi pendant que je nous prépare à dîner, lança-t-elle par-dessus son épaule en disparaissant dans la cuisine.

Je suspendis mon manteau. Elle m'offrit un verre de vin à l'instant où je pénétrais à mon tour dans la cuisine, puis se tourna vers la cuisinière. Le repas sera prêt dans une minute, dit-elle.

Comment c'était, au boulot ? Est-ce qu'on t'a reparlé de ton contrat ? Je secouai la tête. Je ne savais pas encore si mon contrat à la Cour serait prolongé ou pas. Je me posais la question de plus en plus souvent, me disais que j'aimerais rester à La Haye. Je me surprenais à étudier de près les tâches qu'on me confiait, l'attitude de ma cheffe, à la recherche d'un signe annonciateur. Jana acquiesça avec compassion et demanda si j'avais jeté un œil aux annonces qu'elle m'avait envoyées, il y avait un appartement disponible dans la copropriété d'en face.

Je lui dis que oui, avalai une gorgée de vin. Même si elle était installée depuis peu, Jana paraissait déjà chez elle, elle avait pris possession de cet espace avec un enthousiasme caractéristique. Je savais que l'achat de l'appartement représentait un genre de sécurité dont elle avait manqué jusque-là : elle s'était mariée et avait divorcé quand elle n'avait encore qu'une vingtaine d'années, et avait passé cette dernière décennie à gravir les échelons au sein du Mauritshuis. Je l'observai qui ouvrait un placard pour en sortir une bouteille d'huile d'olive, un moulin à poivre, je remarquai que tout était déjà à sa place. J'éprouvai un frisson – non pas d'envie, peut-être plutôt d'admiration, même si les deux n'étaient pas sans lien.

On mange au bar ? demanda Jana. J'acquiesçai et m'assis. Elle avait posé un plat de pâtes devant moi et dit : J'ai toujours voulu avoir une cuisine avec un bar. J'ai dû voir ça quand j'étais petite. Elle se hissa sur un tabouret à côté de moi. Jana avait grandi à Belgrade avec sa mère serbe et son père éthiopien avant d'être envoyée dans un internat en France durant la guerre. Elle n'était jamais rentrée en Yougoslavie, ou ce qu'on appelle désormais l'ex-Yougoslavie. Je me demandai où elle avait pu voir son premier bar, celui qu'elle avait enfin réussi à répliquer ici, dans sa cuisine.

Je la félicitai d'avoir concrétisé ce rêve et elle sourit.

C'est vrai que c'est agréable, dit-elle. Ç'avait été le parcours du combattant, trouver l'appartement, puis obtenir l'emprunt – elle secoua la tête et me lança un regard comique. Figure-toi que ce n'est pas évident de faire un emprunt quand on est une femme noire de plus de quarante ans.

Elle saisit son verre de vin.

– Bien sûr, je participe à la gentrification. Mais il faut bien que je vive quelque part…

Une sirène retentit dans la rue. Je levai les yeux, surprise. Le bruit allait crescendo, gonflant à l'intérieur de l'appartement au fur et à mesure qu'approchait le véhicule. Des lumières rouges et orange dessinaient des spirales dans la cuisine. Jana fronça les sourcils. On entendit des portières claquer et le ronronnement d'un moteur. La police est tout le temps ici, dit-elle en prenant son verre de vin. Il y a eu une ou deux agressions, plus une fusillade l'année dernière. Je ne me sens pas en danger, ajouta-t-elle dans la foulée. Tandis qu'elle parlait, deux autres sirènes se firent entendre. Jana prit sa fourchette et continua de manger. Je la regardai mâcher lentement, la chorale de plus en plus bruyante à l'extérieur. Ce n'est pas différent du quartier où je vivais à Londres, dit Jana. Elle éleva la voix pour se faire entendre par-dessus le bruit. C'est juste qu'à vivre à La Haye, on devient insensible. C'est facile d'oublier ce que ça fait d'être dans une vraie ville.

Les sirènes se turent et l'on se retrouva brusquement dans le silence. Une sirène, ça peut correspondre à n'importe quoi, dis-je enfin. Quelqu'un qui glisse dans sa baignoire, fait une crise cardiaque dans la cuisine. Elle acquiesça et je m'aperçus que son appréhension n'était pas due à la menace du danger ou de la violence, ou pas seulement – mais l'idée qu'elle se faisait de l'appartement venait de s'altérer. À cet instant, il n'était plus la source d'une sécurité longtemps recherchée, mais une chose entièrement différente, plus instable et incertaine.

Le restant de la soirée se passa sous un nuage d'appréhension, et bientôt, je dis à Jana qu'il fallait que je rentre. J'allai dans le salon récupérer mes affaires, et en enfilant mon manteau, je regardai par la fenêtre la rue en contrebas, à présent faiblement éclairée par les lampadaires. Elle était calme à l'exception du rougeoiement d'une cigarette – un homme qui promenait son chien. Tandis que je l'observais, il jeta sa cigarette par terre et tira sur la laisse du chien avant de disparaître au coin de la rue.

Jana s'adossa au mur, une tasse de thé à la main et l'air plus fatigué que d'habitude. Je lui souris. Repose-toi, dis-je, et elle acquiesça. Elle ouvrit la porte et, alors que je passais devant elle, elle m'attrapa brusquement le bras. Fais attention sur le chemin du tram, hein ? Je fus surprise par l'urgence dans sa voix, ses doigts me serrant le bras. Elle me lâcha et recula d'un pas. C'est juste qu'on n'est jamais trop prudents, ajouta-t-elle. Je hochai la tête et me tournai pour partir, elle avait déjà fermé la porte derrière moi. J'entendis le cliquetis d'une serrure qui tournait, suivi d'un autre, et ensuite, le silence.

2

J'habitais en centre-ville, dans un quartier très différent de celui de Jana. Avant mon arrivée, j'avais trouvé ce meublé via une annonce en ligne. La Haye n'était pas une ville bon marché, mais elle était plus abordable que New York. Ainsi je vivais dans un appartement trop grand pour une seule personne, avec ses deux chambres, son salon et sa salle à manger.

Il me fallut un certain temps pour m'habituer à la taille de mon logement, une sensation exacerbée par l'ameublement trop sommaire pour ses proportions. Un futon dépliable dans le salon, un coin repas dans la salle à manger, l'espace était pensé pour être à la fois temporaire et impersonnel. En signant le bail, j'avais envisagé le vide comme un luxe, je me souviens d'avoir arpenté l'appartement, du bruit creux de mes pas, d'avoir repéré la pièce qui pourrait servir de chambre et celle qui pourrait devenir mon bureau. Avec le temps, l'impression s'était estompée, et les dimensions de l'appartement ne me semblaient plus remarquables. Pas plus que sa nature temporaire, même si, en rentrant de mon dîner, je repensai à l'aisance avec laquelle Jana semblait habiter son appartement, et je fus gagnée par une vague envie.

Lorsque je me réveillai le lendemain matin, il faisait encore nuit. Je me préparai un café, enfilai un manteau et sortis sur le balcon – une autre caractéristique de l'appartement dont je profitais, y compris durant ces mois d'hiver glaciaux. J'avais coincé une petite table et une chaise pliante le long du mur, ainsi que quelques plantes en pots désormais flétries. Je m'assis. Il était si tôt que les rues étaient désertes. La Haye était une ville tranquille, civilisée jusqu'à l'acharnement. Mais plus le temps passait, plus son air courtois, ses bâtiments préservés et ses parcs au cordeau diffusaient un sentiment de malaise. Je me souvins de ce qu'avait dit Jana, que vivre à La Haye rendait insensible à ce qu'était une véritable ville. C'était peut-être vrai, d'ailleurs je me disais de plus en plus souvent que l'aspect docile de la ville cachait une nature plus complexe et contradictoire.

La semaine précédente, je faisais des courses dans la vieille ville quand j'avais vu trois hommes en uniforme accompagner le déplacement d'une grosse machine dans la rue piétonne animée. Deux des hommes avaient un long pic à la main tandis que le troisième tenait un gros flexible sortant de la machine, créant l'impression de conduire un éléphant par le bout de la trompe. Je m'étais arrêtée pour les observer sans vraiment savoir pourquoi, peut-être uniquement parce que je me demandais quel genre de lent travail ils effectuaient.

Ils arrivèrent à mon niveau et je vis quelle tâche ils accomplissaient : les deux hommes armés de pics extrayaient soigneusement les mégots de cigarettes pris entre les pavés, l'un après l'autre, un travail méticuleux qui expliquait leur lenteur d'escargot. Je baissai les yeux et constatai que le sol était jonché de mégots, malgré les nombreux cendriers publics installés sur cette seule portion de rue. Les deux hommes continuaient d'arracher les mégots des interstices pendant que le troisième suivait avec son aspirateur éléphantesque, récupérant consciencieusement les déchets avec la machine dont le tambour devait contenir des milliers voire des centaines de milliers de mégots, chacun arraché à la rue par le travail de ces employés municipaux.

Il ne faisait presque aucun doute que les trois hommes étaient des immigrés, peut-être turcs ou surinamais. Dans le même temps, leur labeur était rendu nécessaire par le patrimoine esthétique de la ville, sans parler de la négligence d'une population riche qui jetait ses mégots par terre sans réfléchir alors que des cendriers n'étaient qu'à quelques mètres de là, et je remarquai à cet instant que des dizaines de mégots se trouvaient au pied desdits cendriers. Ce n'était qu'une anecdote. Mais cela montrait bien que le vernis de civilité craquait de partout, qu'à certains endroits il avait même disparu.

Autour de moi, la lumière commençait à apparaître, la couleur brouillant l'horizon. Je retournai à l'intérieur et m'habillai pour le travail. Je quittai l'appartement peu après car j'étais en retard. Je me dépêchai de rejoindre l'arrêt de tram. Jana m'appela pendant que j'attendais, elle était chez elle et je l'entendais qui se déplaçait dans l'appartement, prenant ses clés, rassemblant ses livres et ses papiers. Elle me demanda si j'étais rentrée sans encombre et je lui assurai que le retour s'était effectué sans problème. Il y eut une pause, j'entendis une porte claquer, elle allait sortir de son immeuble. Elle avait l'air distraite, un peu comme si elle ne se souvenait pas de la raison de son appel, puis elle me redit de ne pas oublier qu'Adriaan et moi dînions chez elle samedi, et demanda s'il y avait des aliments en particulier qu'il n'aimait pas.

Le tram arrivait et je lui répondis qu'Adriaan mangeait de tout, que je la rappellerais plus tard.

Je raccrochai avant de monter dans le tram, qui bientôt cahota vers la Cour où j'avais déjà effectué les six premiers mois de mon contrat. La plupart de mes collègues, cosmopolites par nature, avaient vécu dans de nombreux pays, leur identité inséparable de leurs capacités linguistiques. Je leur ressemblais en bien des points. Par mes parents, je parlais anglais et japonais, et j'avais appris le français durant mon enfance à Paris. J'avais aussi étudié l'espagnol et l'allemand pour lesquels j'avais des compétences professionnelles, même si ces deux dernières langues comme le japonais étaient moins essentielles que l'anglais et le français, les langues parlées à la Cour.

Mais l'aisance linguistique n'était que la base du métier qui exigeait par ailleurs une précision extrême, et je me disais souvent que c'était mon penchant naturel pour cette précision plutôt que mes aptitudes en langues qui faisait de moi une bonne interprète. Cette rigueur était même plus grande encore dans un contexte judiciaire, et au bout d'une semaine à la Cour je savais que son vocabulaire était à la fois ésotérique et pointu, avec une terminologie officielle déterminée pour chaque langue et respectée à la lettre par tous les interprètes de l'équipe. Ceci pour des raisons évidentes puisque d'énormes gouffres pouvaient s'ouvrir sans prévenir entre les mots, entre deux ou parfois plusieurs langues.

En tant qu'interprètes, notre travail était de jeter des ponts de fortune au-dessus de ces gouffres. Cette navigation – qui en même temps que la précision exigeait cette dose de spontanéité qu'offre une langue maternelle, par moments il fallait improviser pour prendre en charge une phrase difficile, et c'était toujours une course contre la montre – était plus importante qu'on ne le pensait de prime abord. Si l'interprétation manquait de cohérence, un témoin fiable, par exemple, pouvait perdre en crédibilité, donner l'impression de modifier son témoignage avec chaque nouvel interprète. Cela pouvait affecter l'issue d'un procès, les juges n'étant pas susceptibles de remarquer les changements de personnel dans la cabine d'interprétation, même si la voix qui parlait dans leur oreillette devenait subitement très différente, passant d'un homme à une femme, d'un débit haché à un autre plus assuré.

Ils n'étaient conscients que de leur perception fluctuante du témoin. La plus petite absence de fiabilité introduisait des fissures dans le témoignage, ces fissures menaçant à leur tour le personnage construit par le témoin. Les personnes qui se présentaient à la barre projetaient d'elles-mêmes un certain type d'image : leur témoignage était minutieusement préparé et façonné par la défense ou l'accusation, elles avaient été appelées à la

Cour pour jouer un rôle. La Cour, quant à elle, était régie par la suspension de l'incrédulité : tous les gens présents dans la salle d'audience savaient et ne savaient pas qu'une grande part d'artifice entourait des sujets qui, néanmoins, se fondaient sur une idée d'authenticité.

À la Cour, ce qui était en jeu n'était autre que la souffrance de milliers de gens, et il n'était pas question de faire semblant face à la souffrance. Pourtant, la Cour était par nature un lieu de grande théâtralité. Pas seulement dans les témoignages soigneusement composés des victimes. La première audience à laquelle j'avais assisté m'avait interloquée, l'accusation aussi bien que de la défense ayant plaidé leur cause de manière tout à fait outrancière. Les accusés eux-mêmes étaient souvent des personnages grandiloquents, aussi autoritaires que geignards, il s'agissait de politiciens et de généraux, des gens qui avaient l'habitude d'occuper le devant de la scène et de s'écouter parler. Les interprètes ne pouvaient pas complètement s'extraire de cette dramaturgie, leur travail consistant à interpréter les mots prononcés tout en articulant ou en faisant passer les postures, nuances et intentions cachées derrière ces mots.

La première fois qu'on entend un interprète, sa voix peut paraître froide et précise, dénuée de toute inflexion, mais plus on écoute, plus on perçoit de variations. Si une plaisanterie est faite, il est du devoir de l'interprète de communiquer l'humour ou la tentative d'humour ; de même, quand quelque chose est dit sur un ton ironique, il est important de faire comprendre que ces mots ne doivent pas être pris au premier degré. La précision linguistique n'est alors pas suffisante. L'interprétariat est une question de grande subtilité, un mot correspondant à plusieurs contextes, et d'ailleurs, on dit souvent qu'un acteur interprète un rôle, ou un musicien une partition.

Un certain niveau de tension est intrinsèque à la Cour et à ses activités, une contradiction entre la nature intime de la douleur et la sphère publique où elle est affichée. Un procès est une performance à la mécanique complexe dans laquelle nous sommes tous impliqués, et dont aucun de nous n'est tout à fait exempt. Il revient à l'interprète non seulement d'énoncer ou d'incarner l'indicible, mais aussi de le répéter. Peut-être qu'il se situe là, le véritable sentiment d'angoisse qui plane sur la Cour et saisit les interprètes. Dans le fait que notre activité quotidienne repose sur la description répétée – description, élaboration et définition – de questions qui, ailleurs, font généralement l'objet d'euphémismes et d'ellipses.

*

Le tram était bondé, et à un moment donné, un groupe de collégiens monta à bord. Ils étaient bruyants, mais contrairement à certains passagers – qui leur jetèrent des coups d'œil désapprobateurs avant de détourner le regard – cela ne me gênait pas, et je profitai même de l'occasion pour écouter leur conversation ou du moins les fragments que je pouvais déchiffrer.

Lors de mon installation à La Haye, je ne parlais pas le néerlandais, ou n'en avais que de vagues notions, mais grâce à sa proximité avec l'allemand, je parvins à me débrouiller au bout de six mois. Bien sûr, la plupart des citoyens de ce pays parlaient anglais couramment, et à la Cour je n'avais jamais l'occasion de pratiquer la langue, de sorte que je l'appris surtout en écoutant les autres – dans la rue, au restaurant, au café, ou dans le tram comme je le faisais à cet instant. Un lieu se pare d'une étrange qualité quand on ne comprend qu'en partie la langue qui y est parlée, et durant ces premiers mois, cette sensation était particulièrement forte. Au début, je me déplaçais dans un nuage d'ignorance, les paroles qui m'entouraient étaient impénétrables, mais elles se firent rapidement moins insaisissables quand je commençai à saisir des mots séparés, puis des phrases et, désormais, des bribes de conversation. Parfois, je tombais sur des situations plus intimes que je ne l'aurais souhaité, la ville n'étant plus ce lieu innocent que j'avais connu à mon arrivée.

Écouter les gens dans le tram n'avait rien de vraiment intrusif, les adolescents parlaient fort, hurlaient presque, ils voulaient être entendus. En les écoutant, je songeai au plaisir d'apprendre une langue, d'en déverrouiller les systèmes, de tester son fonctionnement et sa souplesse. Cela faisait longtemps que je n'avais pas éprouvé ce sentiment particulier, ayant acquis celles que je parlais dans l'enfance ou, au plus tard, à l'école. Le néerlandais des lycéens était émaillé d'argot, ce qui limitait ma compréhension, mais il semblait être surtout question de l'école, d'un enseignant ou d'un ami qui les énervait.

Deux ou trois arrêts plus tard, je crus entendre l'une des filles dire *verkrachting*, qui signifie viol. Je levai les yeux, surprise, mon esprit s'était mis à dériver et je ne suivais plus la conversation d'aussi près qu'au moment où j'étais montée dans le tram. La jeune fille devait avoir douze ou treize ans, des yeux cernés d'un épais trait d'eye-liner et un piercing dans le nez. Elle parlait toujours et j'entendis l'expression *bel de politie*, ou c'est ce que je crus. Mais ensuite, sa copine réagit par un gloussement, la jeune au piercing rit à son tour, et soudain je n'étais plus du tout sûre de ce que j'avais entendu, après tout un viol et appeler la police n'avaient rien de drôle. L'ado au piercing dut sentir mon regard parce qu'elle se tourna brusquement pour me dévisager, et même si elle riait encore, son regard était dur et vide, sans une once de joie.

J'étais presque arrivée. Les filles discutaient à présent d'une nouvelle marque de baskets et lorsque je coulai un nouveau regard vers l'ado au piercing, elle ne me prêta pas attention. Déconcertée par cette scène, je descendis. Le tram s'éloigna et la Cour se dressa devant moi, un vaste complexe en verre niché dans les dunes en lisière de la ville. Il était facile d'oublier que La Haye était située au bord de la mer du Nord parce que, par bien des aspects, c'était une ville qui semblait regarder vers les terres et tourner le dos au large.

Avant mon arrivée, quand j'avais candidaté pour le poste que j'obtiendrais finalement, j'imaginais que la Cour était une institution quasi médiévale, à la manière du Binnenhof, le bâtiment du Parlement situé à seulement quelques kilomètres en centre-ville. Même après mon installation, pendant mon premier mois de travail, la construction n'avait cessé de me surprendre. Je savais parfaitement que la Cour était une invention récente, puisqu'elle avait été fondée tout juste une décennie plus tôt, mais son architecture moderne m'apparaissait encore incongrue, allant peut-être jusqu'à manquer de l'autorité à laquelle je m'étais attendue.

Six mois plus tard, ce n'était plus que mon lieu de travail : tout devient normal, au bout d'un moment. Je saluai les agents de sécurité en entrant et franchis les détecteurs – une ou deux questions aux agents au sujet de leur famille, une remarque sur la météo, c'était à ces occasions que je pouvais pratiquer mon néerlandais. Je récupérai mon sac et traversai la cour pour pénétrer dans le bâtiment. Là, je vis Robert, un autre interprète, qui attendait que je le rejoigne. C'était un Anglais corpulent, affable, extraverti et charmant ; avec ma relative discrétion, je détonnais parmi mes collègues. Si l'interprétariat est une sorte de performance, alors ceux dont c'est le métier ont tendance à se montrer confiants et volubiles. Robert en était l'illustration parfaite, il jouait au rugby le week-end et faisait du théâtre amateur. Nous n'étions jamais ensemble en cabine, mais parfois je me demandais quel genre de binôme il ferait, si ce serait difficile de ne pas se sentir éclipsée par sa présence, de ne pas essayer de se caler sur les rythmes et inflexions de sa voix qui, chose rare, était mélodieuse, produit de sa classe sociale et de son enfance passée dans des pensionnats.

Sur le chemin du bureau, Robert m'informa qu'aucune audience n'était programmée ce jour-là, ce qui, franchement, était un soulagement, il supposait que j'étais aussi en retard que lui côté administratif. On salua nos collègues en gagnant nos places, les interprètes travaillant sur un plateau en open space, exception faite de Bettina qui avait son propre bureau. Il régnait à l'intérieur du service une atmosphère visiblement collégiale, en partie due au fait que la majorité de l'équipe était venue aux Pays-Bas pour travailler à la Cour après avoir amassé ailleurs toute l'expérience requise. Certains, comme moi, ne savaient pas combien de temps ils resteraient à la Cour ou aux Pays-Bas alors que d'autres s'étaient plus ou moins installés ici, comme Amina, qui avait récemment épousé un Néerlandais et était enceinte.

Cette dernière était assise à sa table, le visage serein tandis qu'elle feuilletait les documents devant elle. Si un grand nombre d'interprètes pouvaient devenir agités ou même être gagnés par l'exaspération, certains allant jusqu'à exiger qu'un témoin parle moins vite, Amina était toujours calme, capable d'interpréter avec une constance et une rapidité remarquables, quelles que soient les circonstances. Alors qu'elle approchait des derniers mois de sa grossesse, elle était encore plus flegmatique, toujours posée. Pendant que nous nous débattions des tics de langage ou des problèmes d'élocution, Amina ne semblait jamais en difficulté.

Mais ce genre de compliment la mettait mal à l'aise, et elle insistait régulièrement pour dire qu'elle était loin d'être parfaite. En m'asseyant, je me remémorai une anecdote qu'elle m'avait racontée peu de temps après mon arrivée à la Cour. J'y repensais souvent. On lui avait demandé d'être l'interprète d'un accusé qui parlait swahili parce que, pendant une brève période, elle avait été la seule de l'équipe ayant une maîtrise suffisante de cette langue. Son binôme ne la parlait pas très bien et lui avait confié en privé qu'elle avait eu la tête ailleurs durant les longues audiences, écoutant l'anglais et le français, mais moins ce que disait Amina.

Si son binôme avait trouvé ces journées plutôt tranquilles, Amina subissait une pression considérable, obligée d'effectuer des sessions marathons bien plus longues que la normale. Elle prenait place dans la cabine en mezzanine, l'accusé assis juste en dessous dans le prétoire. L'homme était encore jeune, un ancien chef de milice, vêtu d'un costume coûteux et avachi dans un fauteuil de bureau ergonomique. Il était jugé pour des crimes abominables et pourtant, assis là, il avait simplement l'air maussade et peut-être même gagné par l'ennui. Bien sûr, les prévenus sont souvent en costume et installés sur des chaises de bureau, mais la différence était qu'à la Cour ils n'étaient pas de simples criminels bien habillés pour l'occasion, mais des hommes qui avaient longtemps assumé l'autorité que conférait un costume ou un uniforme, des hommes habitués à leur pouvoir.

Ils possédaient une sorte de magnétisme, en partie inné et en partie renforcé par les circonstances. La Cour ne pouvait généralement pas arrêter ces personnes sans la coopération de gouvernements ou d'organismes étrangers, et ses pouvoirs en la matière étaient très limités. Il y avait beaucoup de mandats non exécutés et beaucoup d'accusés en détention dans d'autres pays, ce n'était pas comme si nous étions submergés ici par les criminels de guerre. Quand ils étaient enfin envoyés à La Haye, les accusés arrivaient entourés d'une aura, nous avions énormément entendu parler de ces hommes (il s'agissait presque toujours d'hommes), nous avions vu des photos, des séquences vidéo, et lorsqu'ils apparaissaient enfin devant la Cour, ils étaient les stars du show, il n'y avait pas d'autre mot, et la situation mettait en scène leur charisme.

Dans le cas de cet homme, il n'était pas seulement jeune et d'une beauté indéniable – beaucoup étaient très âgés, fascinants, mais pas impressionnants d'un point de vue physique, leur jeunesse loin derrière eux –, mais il dégageait un air d'autorité éblouissant, et même sans l'aide de la Cour on voyait bien comment et pourquoi tant de gens avaient obéi à ses ordres. Mais ce n'était même pas ça, expliqua Amina, c'était l'intimité créée par l'interprétariat. Elle interprétait pour un seul et unique homme, et quand elle parlait dans le micro, elle ne s'adressait qu'à lui. Bien sûr, elle avait su en acceptant le poste à La Haye que l'essentiel du travail à la Cour serait plus dur qu'aux Nations unies où elle était auparavant. Après tout, la Cour s'occupait exclusivement de génocides, de crimes contre l'humanité et de crimes de guerre. Mais elle n'avait pas imaginé ce genre de proximité : elle avait beau ne jamais faire face aux accusés et toujours rester en sécurité derrière la vitre de la cabine d'interprétation, elle avait tout le temps conscience que cet homme et elle étaient les deux seules personnes dans la salle à comprendre la langue qu'elle parlait, les avocats de la défense étant tous des anglophones qui ne connaissaient pas un mot de français ni de la langue maternelle de leur client.

La gêne d'Amina fut croissante au cours des premières audiences. Le procès comportait beaucoup de témoignages revenant sur les pires atrocités, et elle devait faire passer ces récits d'une langue à l'autre heure après heure. Elle eut parfois du mal à maîtriser le chevrotement de sa voix, consciente de céder à l'émotion. Mais dès le deuxième jour, et sans qu'elle en comprenne la raison, une certaine dureté s'empara d'elle, elle se découvrit un nouveau ton acerbe, pas vraiment neutre, peut-être même réprobateur. À un moment donné, alors qu'elle relayait les détails d'un détournement de fonds, un délit moralement répréhensible, mais qui n'était qu'une broutille en regard des autres accusations portées contre l'homme, elle se surprit à prendre une voix de froide désapprobation comme une épouse qui se disputerait avec son mari pour des petits manquements domestiques, la vaisselle qu'il n'aurait pas faite, par exemple, plutôt que d'aborder ses infidélités à répétition ou la perte de leurs économies au jeu.

À sa plus grande surprise, elle vit l'accusé tourner la tête et lever les yeux dans la direction des cabines. Jusque-là, il était resté quasi immobile, regardant droit devant lui, comme si ce qui se passait ne le concernait pas, comme si toute cette affaire n'était pas digne de lui, même si finalement, pensa Amina, son expression n'avait rien de digne ; il avait plutôt l'air d'un adolescent boudeur qu'on grondait pour une infraction de laquelle il refusait de s'excuser. Une demi-douzaine d'interprètes étaient assis dans les cabines en mezzanine, il était donc peu probable qu'il devine laquelle était la sienne, mais elle ne l'avait jamais vu les observer. Elle s'efforça de garder une voix neutre et de se concentrer sur le travail en cours, ne voulant surtout pas se laisser distraire. Toutefois, elle ne put s'empêcher de jeter des regards discrets vers l'accusé qui scrutait les cabines.

Sentant peut-être les yeux d'Amina posés sur lui, il s'arrêta soudain et la regarda directement, pivotant sur sa chaise. Ce fut plus fort qu'Amina, elle buta sur les mots, s'excusa, faillit perdre le fil de ce qui était dit. Il continua de l'observer, son beau visage affichant une sombre expression de satisfaction, peut-être parce qu'il avait réussi à l'intimider, à la faire bafouiller. Malgré la paroi de verre qui les séparait, elle éprouva toute la puissance de sa volonté. Elle frémit et baissa les yeux. Elle reprit l'interprétariat et griffonna sur son bloc de papier comme si elle prenait des notes. Quand elle leva de nouveau les yeux, il s'était retourné et regardait une fois de plus droit devant lui, son visage doux et maussade.

Il ne lui adressa plus un seul regard. Elle se rendit compte néanmoins que sa voix avait changé, malgré elle, elle avait été intimidée. Plus tard, alors qu'elle devait réciter une litanie d'actes horribles perpétrés par l'accusé, sa voix se fit suppliante, et l'accusé réagit avec un léger sourire. D'une certaine manière, elle était désormais mal à l'aise avec l'idée de confronter l'homme à ses crimes, à ces accusations abominables, même si elle ne les portait pas elle-même et ne faisait que traduire pour la Cour. Ne tirez pas sur le messager, ajouta-t-elle presque avant de se rappeler que c'était précisément le genre de chose que faisait l'accusé, que le meurtre du messager était peut-être même répertorié dans la liste de ses crimes. Même si elle savait que l'homme ne pouvait rien contre elle, elle dut bien s'avouer qu'elle avait peur parce que cet homme inspirait la crainte et que, même assis sans bouger, il irradiait le pouvoir.

Cependant, elle éprouvait bien plus de culpabilité que de peur. Elle se sentait coupable envers l'accusé qui non seulement était un homme abominable, mais dont, en plus, elle n'avait pas la responsabilité, en dehors de son devoir d'interpréter correctement ce qui était dit devant la Cour et de faire sa part pour s'assurer qu'il ait un procès équitable. Elle n'était pas responsable de son bonheur, elle doutait qu'il ait été heureux depuis son arrestation. Cet homme n'avait aucun sens moral, et pourtant, ce qu'elle éprouvait pour lui était de nature morale. Ça n'était pas logique, ça n'avait aucun sens. Elle en conclut que c'était le magnétisme de cet homme qui avait persuadé des milliers de gens à commettre ces actes d'une violence inouïe ; il n'y avait rien de bureaucratique ni de banal chez lui. C'était un leader dans tous les sens du terme, se dit-elle en se penchant vers le micro pour continuer d'interpréter avec régularité et sans pause. Il ne se retourna plus jamais pour la regarder.

Rétrospectivement, elle songea que c'était sa première vraie rencontre avec le diable.

*

La journée se déroula à peu près sans incident, le début de soirée arriva vite et je quittai la Cour. Il pleuvait, je levai les yeux vers le ciel et, alors que j'ouvrais mon parapluie, mon téléphone sonna. C'était à nouveau Jana. Je n'avais pas dit un mot qu'elle m'expliquait qu'elle venait d'arriver chez elle. La police a établi un périmètre de sécurité, dit-elle.

La pluie qui tambourinait sur le parapluie était bruyante, presque assourdissante, et j'avais du mal à entendre Jana. Quelqu'un d'autre m'appelait. J'abaissai le portable et vis le nom d'Adriaan. La pluie s'intensifia. Je reportai à mon oreille le téléphone qui continuait de vibrer.

Comment ça ?

Dans l'allée, le passage. Tu vois lequel ? Je le prends souvent en descendant du tram. Il est bloqué par un ruban de la police. Il a dû se passer quelque chose la nuit dernière.

Le téléphone sonnait toujours.

Jana, dis-je, j'ai un autre appel…

Il n'y a aucune trace ou quoi que ce soit. Mais le passage est fermé.

Dans ma main, le téléphone cessa de vibrer.

Jana…

Je te rappelle.

Elle raccrocha, et avant que j'aie le temps de le ranger, l'appareil se mit à vibrer une fois de plus, c'était un message me prévenant que j'avais un appel en absence suivi d'un second message d'Adriaan me disant qu'il aurait dix minutes de retard et s'excusait par avance.

3

Je retrouvai Adriaan dans un restaurant du centre-ville. Alors qu'il m'avait prévenue qu'il serait en retard, il était déjà installé à notre table. Avant mon emménagement à La Haye, je n'avais pas associé la ponctualité au caractère néerlandais, mais Adriaan en particulier était incapable d'être en retard. Il se leva en me voyant, je songeai une fois de plus qu'il était très beau, et j'éprouvai un sentiment d'heureuse surprise qu'il soit l'homme avec qui j'allais dîner.

Adriaan était la raison qui me donnait envie de rester à La Haye, ou au moins l'une des raisons, même si j'étais gênée de l'avouer, y compris à moi-même – je n'aimais pas me voir comme une femme qui prenait des décisions de cette manière, en fonction d'un homme. En outre la relation était très récente, et la situation très compliquée. Nous nous étions rencontrés quatre mois plus tôt, mais une certaine routine s'était déjà installée dans notre façon d'être ensemble. Cette stabilité difficile à interpréter pouvait avoir plusieurs significations, parfois je me disais que c'était l'expression d'une aisance intrinsèque entre nous, d'une profonde familiarité qui supplantait nos nombreuses différences. Mais à d'autres moments, elle semblait le produit de l'habitude, Adriaan ne sachant pas comment se comporter autrement avec une femme.

« Habitude » parce que Adriaan était marié et avait des enfants, même si la situation était à la fois moins douloureuse et plus complexe qu'il n'y paraissait. Sa femme l'avait quitté un an plus tôt. Elle était partie s'installer confortablement avec un autre homme non pas à La Haye, Rotterdam ou même Amsterdam, mais à Lisbonne. Elle avait carrément quitté le pays, tourné le dos au mauvais temps ainsi qu'à son mariage, et avait fait venir les enfants un mois après son départ. Elle n'était pas partie avec les enfants, mais ne les avait pas non plus abandonnés, si bien qu'un an plus tard l'organisation était encore floue.

Je l'avais appris peu de temps après avoir rencontré Adriaan. Je l'avais accompagné à une fête. Nous étions dans la phase où rien n'avait été déclaré entre nous, si bien qu'il n'y avait rien eu à ajouter quand il m'avait présentée à des gens, je n'étais pas encore sa « petite amie » ni son

« *date* » ni même forcément quelqu'un avec qui il couchait. Peut-être à cause de cette apparente neutralité n'avais-je rien vu de particulièrement maladroit ou significatif quand un homme – pas sans charme, du même âge et caractère qu'Adriaan, pas aussi beau mais tout à fait présentable, si bien que je n'étais pas du tout mécontente de le voir s'approcher – me prit à part et demanda depuis combien de temps je connaissais Adriaan.

La question ne paraissait pas tendancieuse, il avait dû nous voir arriver ensemble. Pas très longtemps, répondis-je. Il acquiesça comme s'il s'était attendu à cette réponse. En sachant relativement peu sur lui, je me demandai alors si Adriaan avait l'habitude de se rendre à des soirées avec différentes femmes dont aucune ne passait le cap d'un deuxième rendez-vous. Nous étions sur un pont suspendu au-dessus d'un vaste atrium où se pressaient des gens chic et glamour, il s'agissait du lancement d'un fonds destiné au financement de projets culturels à travers toute la ville. En bas, les serveurs se coulaient dans la foule en proposant des canapés confectionnés avec une extravagante méticulosité. Je suivis du regard un serveur chargé d'un plateau de minisandwichs au fromage, qui s'arrêtait pour que les invités se servent en triangles minutieusement grillés. Il passa devant un homme de grande taille dont je finis par me rendre compte qu'il s'agissait d'Adriaan.

Très surprenante, toute cette histoire, dit l'homme à côté de moi. J'acquiesçai, distraite, feignant de savoir de quoi il parlait. Adriaan était en pleine conversation avec une femme qui me tournait le dos. Tandis que je l'observais, elle agita la main, Adriaan se pencha vers elle comme s'il ne l'avait pas bien entendue. Son beau visage s'approcha d'elle. Un instant plus tard, elle rit, rejetant la tête en arrière pour montrer sa gorge.

Je la connaissais assez bien, dit-il. Je levai les yeux vers l'homme à mes côtés, il avait mis beaucoup de produit dans ses cheveux qui se dressaient en vagues rigides et luisantes. Manifestement, il tenait à mettre en avant l'épaisseur de ses boucles, à un âge où beaucoup d'hommes avaient perdu tous ou une bonne partie de leurs cheveux. Mais l'effet était un peu absurde puisqu'il avait moins l'air d'un homme viril dans la fleur de l'âge que d'un adolescent sans expérience qui n'avait pas encore appris à gérer son apparence. C'était un peu le couple star, poursuivit-il. Je crois qu'ils se sont même rencontrés à l'université, et avec les années, ils ont fini par se ressembler – tous les deux très grands, très beaux, et finalement, tous les deux sophistiqués et couronnés de succès. C'est bien la preuve qu'on ne sait jamais vraiment ce qui se trame dans un mariage, dit l'homme, un sourire ironique passant sur son visage presque beau.

Ces paroles étaient tout à fait banales, mais je fus étonnée parce qu'à ce moment-là j'ignorais qu'Adriaan était ou avait été marié. Je me tournai pour regarder l'homme, satisfait de voir cette petite marque d'attention ou mon expression surprise, et il sourit d'un air suffisant. Même de l'intérieur, continua-t-il, insistant, qu'est-ce qu'on sait vraiment de son propre mariage ? Un beau jour, on se rend compte que l'on vit avec une étrangère. Ça a dû être comme ça pour Adriaan, elle l'a quitté de manière tellement horrible, elle est partie à Lisbonne pour le week-end et n'est jamais revenue. Il ne savait même pas quoi dire aux enfants, si elle allait rentrer ou pas, ils sont adolescents, le pire des âges pour ce genre de situation.

J'acquiesçai, dis mécaniquement que l'adolescence était assez compliquée comme ça sans une telle rupture, alors difficile d'imaginer leur réaction face à cette trahison. Apparemment, elle a envoyé un mail à Adriaan, ajouta l'homme. N'importe qui s'attendrait au moins à un coup de fil, vous ne croyez pas ? Et vous êtes d'accord qu'il y a quelque chose de cruel à envoyer un mail, c'est trop facile comme mode de communication pour un sujet aussi grave, on voit bien qu'elle est égoïste et autocentrée. Mais Gaby a toujours été honnête avec Adriaan, dit l'homme. C'est déjà ça, non ?

Quand est-ce que c'est arrivé ? demandai-je. L'homme haussa les épaules. Il y a moins d'un an. Elle est partie en plein hiver, peut-être qu'elle en avait marre du mauvais temps. Je regardai à travers les vitres de l'atrium, ce soir-là aussi, il pleuvait. Je sortis mon téléphone et regardai les températures à Lisbonne : un agréable 21° avec du soleil. D'une manière très délibérée, l'homme se toucha les cheveux avant de demander si je voulais un autre verre. En bas, Adriaan discutait toujours avec la femme. Elle avait dû dire quelque chose de drôle parce que Adriaan rit sans la quitter des yeux, et même de loin je voyais qu'elle l'intéressait. D'un coup, je fus certaine qu'il quitterait la soirée avec elle bien qu'arrivé avec moi, et cette intuition fut si vive qu'elle eut force de prémonition. La femme se retourna, déposa son verre sur le plateau du serveur qui passait par là. Pendant un instant, je la vis de profil, elle avait des traits fins, mais prononcés, un visage tout en clarté. Il paraît que c'est merveilleux l'hiver à Lisbonne, dit l'homme.

Je m'excusai, je ne supportais plus sa présence. L'homme sembla surpris, peut-être croyait-il qu'il avait gagné des points auprès de moi. Je traversai le pont et descendis l'escalier pour me joindre au groupe qui se trouvait en dessous. Je me dirigeai vers Adriaan qui leva les yeux, et immédiatement écarta les bras pour m'arrêter.

Où étais-tu, demanda-t-il avant de se tourner vers la femme avec qui il discutait. Elle tendit la main et se présenta, affichant de l'amabilité et peut-être un soupçon de curiosité, et pendant que nous parlions, Adriaan posa une main nonchalante sur ma nuque. La femme s'en alla peu après sans laisser la moindre impression ou presque, et quand Adriaan se tourna vers moi, il me sembla étrange de m'être sentie si menacée par une personne qui, manifestement, n'avait pas grande importance à ses yeux et avec laquelle il s'était contenté de bavarder.

Moi aussi, je m'étais contentée de faire la conversation à l'homme sur le pont, ne m'étais éloignée d'Adriaan que dix ou vingt minutes. Mais dans ce bref laps de temps, il avait été transformé, et je le contemplai, lui et son bel extérieur, lui qui n'avait rien d'une figure anonyme, ni de quelqu'un léchant une plaie invisible. Pourtant, il avait été abandonné par son épouse de la façon la plus cruelle et la plus humiliante, il était désormais cette figure qui suscite des messes basses dans les soirées, un homme dont la catastrophe la plus intime était matière à des ragots oiseux et malveillants. Adriaan observa la fête autour de lui, l'air un peu agité, et alors que je l'observais, lui, son visage se para de contours que j'avais été, pour le meilleur ou pour le pire, incapable de voir avant, ce qui le rendit plus complexe dans mon esprit.

Il me demanda si je voulais prendre l'air, ajouta qu'il avait envie d'une cigarette, malheureusement il avait recommencé à fumer. Il ne me regardait plus quand il prononça ces mots et je ne demandai pas ce qui avait causé le retour d'une habitude dont, selon ses dires, il avait eu beaucoup de mal à se défaire. Il me prit par le coude et m'attira vers l'un des nombreux balcons couverts qui bordaient l'atrium. La pluie n'avait pas faibli et le balcon était désert. Adriaan sortit une cigarette et il était sur le point de l'allumer quand la porte vitrée s'ouvrit et l'homme du pont apparut. Adriaan leva les yeux, mais ne salua pas l'homme aussitôt, même s'il était évident qu'il le reconnaissait. Je me disais bien que c'était toi qui filais à l'anglaise avec la jeune dame, déclara l'homme. Adriaan ne répondit pas. Il joua encore un peu avec la cigarette entre ses doigts, puis la glissa dans la poche de poitrine de son costume comme s'il voulait la garder pour plus tard, peut-être ne souhaitait-il pas que cet homme le voie fumer.

Adriaan garda le silence tout en examinant l'homme du pont qui semblait un peu décontenancé, clairement surpris par la froideur d'Adriaan malgré l'agressivité de son propre salut. Vous vous connaissez ? finit par demander Adriaan. Le ton était naturel, je voyais à sa façon de s'exprimer qu'il ne présumait de rien quant à un lien éventuel entre nous, qu'il espérait surtout limiter les présentations, comme pour dire, *Cet homme ne vaut pas la peine d'être connu, il ne mérite pas qu'on le présente en bonne et due forme.*

L'homme afficha un sourire de loup. À ma plus grande horreur, il passa un bras autour de ma taille. Nous sommes les meilleurs amis du monde, dit-il. Il ne me regardait pas moi, mais Adriaan qui, soudain, fouilla dans sa poche pour en sortir sa cigarette. La main de l'homme était moite et je la sentais collante même à travers l'épaisseur des tissus. Ce n'était pas tant la nature de sa peau, la transpiration de ses paumes ou de ses doigts, que sa façon de me tenir par la taille ; j'avais l'impression d'être enlacée par un calamar ou une pieuvre, par un genre de céphalopode.

Adriaan porta la cigarette à ses lèvres, nous observa avec une expression tout à coup prudente, les paupières tombantes, peut-être s'imaginait-il que l'homme était un ex-petit ami, même si je ne vivais pas à La Haye depuis assez longtemps pour que ce soit le cas. Il était plus plausible que nous ayons couché ensemble une ou deux fois, d'ailleurs je pouvais imaginer sans mal que le palmarès sexuel de l'homme se composait presque uniquement d'événements mineurs de ce genre. L'homme s'accrocha davantage, son bras serré autour de ma taille et son pouce frottant à présent le haut de mon collant dans un mouvement à la fois obscène et gratuit, cet homme qui m'était inconnu et dont j'ignorais jusqu'au nom. Adriaan baissa la tête pour allumer sa cigarette et je me dégageai. Nous avons discuté sur le pont un peu plus tôt, dis-je. Je m'étais perdue en cherchant les toilettes.

Adriaan recracha une volute de fumée qui s'éleva autour de son visage. Il agita la main comme pour la dissiper. Je ne connais même pas votre nom, dis-je à l'homme, je ne pense pas que vous vous soyez présenté, vous avez juste dit que vous étiez un ami d'Adriaan. L'homme fronça les sourcils, il avait enfoncé les mains dans ses poches quand je m'étais écartée de lui, et à cet instant il ressemblait encore plus à un adolescent irascible, une personne prise la main dans le sac. Adriaan qui l'étudiait ne dit rien et l'homme ne se présentait toujours pas. J'étais un ami de Gaby, finit-il par lâcher. Ou plutôt, j'ai connu Gaby le premier.

Adriaan demeurait silencieux, ne me regardait pas, c'était comme si je n'existais pas, ni pour lui ni pour l'homme qui s'était tourné pour défier Adriaan les yeux dans les yeux. Ils se dévisagèrent et je compris que l'animosité entre eux ne datait pas d'hier, que l'homme ne m'avait abordée que parce que j'étais liée à Adriaan. Ce qu'il devinait de ce lien, je l'ignorais. Un ami ? fit Adriaan après ce silence interminable. Oui, j'imagine qu'on peut le dire comme ça. L'homme rougit

sous ses cheveux laqués, il avait l'air mal à l'aise, comme s'il ne s'était pas attendu à une réponse aussi directe. C'était il y a longtemps, ajouta-t-il maladroitement. Gaby et moi nous connaissons depuis l'enfance.

Tu lui as parlé dernièrement ? demanda Adriaan, du moins c'est ce que je crus. À sa voix, j'avais du mal à dire s'il s'agissait d'une question ou d'une affirmation, mais quoi qu'il en soit, je compris que la phrase était lourde de sens, voire agressive. L'homme devint encore plus rouge, regarda par-dessus son épaule vers la fête avec envie, il devait penser qu'il avait commis une erreur en venant sur le balcon. En nous rejoignant, il avait eu l'air d'un homme qui avait l'avantage, ou était persuadé de l'avoir, mais maintenant il semblait se demander comment se sortir au plus vite de cette situation.

Adriaan se tourna vers moi, Kees est un très bon ami de ma femme. C'était la première fois qu'il mentionnait Gaby, ou le fait qu'il était, avait été, marié. À vrai dire, continua-t-il, ils étaient amants avant que Gaby et moi nous mariions, et même si ça remonte à des années, ils sont restés proches, très proches pendant nos années de mariage. Je clignai des yeux à ce *proches, très proches*, ce sous-entendu grossier qui ne lui ressemblait pas. Adriaan poursuivit, Je suis sûr que Kees est toujours en contact avec Gaby. De mon côté, je ne sais quasiment rien de ce qu'elle fait, de ce qu'elle pense ou même de l'endroit précis où elle se trouve.

Allons, Adriaan, l'interrompit l'homme, et ses mains papillonnèrent jusqu'à ses cheveux. Je suis à cent pour cent de ton côté dans cette affaire, je n'ai pas parlé à Gaby depuis des mois, pas depuis son départ. Elle m'envoie des mails de temps en temps, mais rien de significatif, je te promets.

Adriaan le dévisagea un moment avant de se tourner vers moi. Ils s'appelaient presque tous les soirs, continua-t-il malgré tout. Il était soudain devenu bavard, il me parlait comme si j'étais au courant de tous les détails de son mariage alors qu'il ne m'avait rien dit, au moins jusqu'à cet instant, il ne m'avait pas dit qu'il avait une femme, n'avait pas même mentionné des enfants. Je voyais bien qu'Adriaan s'adressait moins à moi qu'à Kees, que je n'étais que l'intermédiaire par qui faire passer son message, et je voyais bien que c'était ma présence qui permettait à Adriaan d'être aussi direct avec Kees, comme s'il exprimait enfin des choses qu'il avait voulu dire depuis de nombreuses années sans le pouvoir, peut-être freiné par les conventions du mariage, son respect pour l'amitié de longue date entre son épouse et cet homme.

Je n'étais qu'un confident, dit Kees faiblement, et contre mon gré, je t'assure. C'était toujours elle qui m'appelait, qui prenait l'initiative, moi je ne la contactais que pour répondre à un message ou en cas d'appel en absence. Pourquoi moi plutôt qu'une de ses nombreuses copines, je n'en ai pas la moindre idée. Ça pouvait être de jour comme de nuit et je te promets que ça ne me plaisait pas plus que ça, c'était même plutôt agaçant, parce que, tu le sais, j'ai déjà bien assez de mes propres problèmes. Il adressa un geste de supplication à Adriaan qui restait de marbre, même si je ne doutais pas qu'il en savait plus qu'il ne voulait bien l'avouer sur les difficultés et les tribulations de cet homme. Kees, l'ami célibataire du couple, avait sans doute souvent dîné chez eux, à l'époque où ils formaient encore une famille.

Gaby n'a jamais été du genre sensible, déclara Kees, puis il regarda Adriaan avec un petit haussement d'épaules comme pour dire, Tu es mieux placé que moi pour le savoir. Ces derniers mois c'était devenu déroutant, au point que je ne décrochais que si j'avais la soirée libre, et ça durait au moins une heure ou deux, parfois plus, impossible de l'arrêter, même quand je lui disais, Mon rendez-vous vient d'arriver ou j'ai du boulot à rendre, elle ne voulait rien entendre, elle n'acceptait pas l'idée qu'il puisse y avoir quoi que ce soit ou qui que ce soit de plus intéressant qu'elle et ses soucis. Bien sûr, Gaby a toujours eu l'habitude qu'on l'écoute, quels que soient ses défauts, et reconnais que c'était – ou plutôt, que c'est, parce qu'après tout elle est toujours de ce monde – une femme fascinante.

Gaby a toujours été elle-même, dit Adriaan avec agacement. Kees le dévisagea un moment, puis acquiesça, sur ce point il n'y avait manifestement pas de désaccord. Ensuite il s'excusa et partit, ne semblant rien avoir à ajouter. Adriaan lui adressa un signe de tête alors qu'il fumait une autre cigarette. On quitta la soirée peu après. Il n'en a pas l'air, me dit Adriaan alors que nous regagnions sa voiture, mais Kees est un célèbre avocat, un des meilleurs du pays.

Je répondis que je voulais bien le croire, qu'il avait le genre de morale à géométrie variable que j'imaginais très répandue chez les avocats de la défense. Adriaan secoua la tête. Au bout du compte, je ne suis pas sûr que cela ait à voir avec une morale à géométrie variable, dit-il, en tout cas moins qu'il n'y paraît au premier coup d'œil. Tout le monde a droit à une représentation équitable, même les pires criminels, même quelqu'un qui a commis des crimes indicibles, le genre d'actes qui défient l'imagination et dont la simple description nous donnerait envie de nous boucher les oreilles et de regarder ailleurs. La défense n'a pas recours à une telle lâcheté, elle doit non seulement écouter, mais étudier au plus près les preuves, et elle doit s'imprégner entièrement de ces actes. Ce que le reste d'entre nous est incapable d'endurer est précisément ce dans quoi doit vivre un avocat de la défense.

Il fronça les sourcils. Et pourtant, au fond, Kees est un homme frivole et mesquin, c'est un de ces paradoxes de la personnalité ou de la nature. J'acquiesçai et l'on marcha en silence pendant un moment. Devant sa voiture, je m'arrêtai et me tournai pour lui faire face. La rue était déserte et il ne pleuvait plus.

Tu es marié, dis-je.

Oui, répondit-il aussitôt. Mais je ne sais pas pour combien de temps encore. Ça ne te dérange pas ?

Les mots en eux-mêmes étaient d'une simplicité à la limite de la brusquerie, mais ils n'essayaient pas de changer de sujet ni de l'éviter. J'aurais pu m'en aller sur-le-champ et choisir de ne pas m'impliquer davantage. Mais j'étais désarmée par son honnêteté, par la simple question à laquelle il était si difficile de répondre. L'apparence de la simplicité n'est pas la simplicité, même à cette époque j'en avais conscience. Comme s'il devinait mon hésitation, il prit ma main, la porta à ses lèvres et en embrassa la paume et les doigts. Je frémis en sentant sa bouche sur ma peau. Il ouvrit la portière et je montai dans la voiture.

Ce fut la première nuit que je passai avec Adriaan. Il me ramena chez lui sans plus de discussion, quelque chose ayant été convenu entre nous. Il vivait dans un appartement qui occupait les étages supérieurs d'une grande maison de ville, un logement trop grand pour un homme seul. Il ouvrit la porte et nous avions à peine pénétré à l'intérieur que je vis les traces de la présence de Gaby : son manteau accroché dans l'entrée, le bracelet en or dans le vide-poches près de la porte. La vue de ces objets était bouleversante et je rougis, même si je me doutais qu'ils restaient là plus par négligence que parce que Adriaan désirait qu'elle revienne. Il sembla ne pas les remarquer en me faisant entrer et en prenant mon manteau.

Il me conduisit au salon et dit qu'il allait nous chercher quelque chose à boire, avant de disparaître dans la cuisine. Je parcourus du regard la grande pièce confortable, il n'y avait rien de prétentieux dans cet appartement au désordre élégant. La bibliothèque, décorée d'objets dépareillés et de souvenirs, débordait de livres. Sur une étagère, une photo encadrée d'Adriaan, sa femme et leurs deux enfants. Kees n'avait pas exagéré, ils formaient une famille magnifique. En réalité, Gaby était sublime, plus belle que je ne l'avais imaginée, même s'il y avait un soupçon d'arrogance dans la ligne que dessinait sa bouche, le regard franc qu'elle adressait à l'appareil photo. J'examinai le cliché qui avait dû être pris une dizaine d'années plus tôt, Kees ayant dit que les enfants étaient aujourd'hui adolescents alors que ceux sur l'image ne devaient pas avoir plus de quatre ou cinq ans. Adriaan n'avait pas changé, ni le temps ni l'expérience ne l'avaient vieilli. Il avait les cheveux gris et son front ainsi que sa bouche avaient pris des rides, mais son apparence générale était la même.

Et je me dis que si Adriaan n'avait pas changé, Gaby elle aussi devait toujours ressembler à celle qu'elle était sur cette photo, sa beauté non diminuée, aussi impressionnante aujourd'hui qu'elle l'avait été des années plus tôt. J'étais encore plantée devant la photo quand Adriaan revint. Il se posta derrière moi et dit que les enfants étaient au Portugal avec sa femme. Peut-être le sais-tu déjà, dit-il, et il se tut. Je me retournai pour lui faire face et puis oubliai Gaby, les enfants ou la photo. Il m'attira à lui et je l'attirai à moi. Dans les semaines qui suivirent, certains des objets appartenant à sa femme disparurent discrètement, pas d'un seul coup mais l'un après l'autre. La photo, toutefois, resta à sa place.

4

Je regardai Adriaan de l'autre côté de la table du restaurant. La carte des vins était ouverte devant lui et il la pencha vers moi d'un air interrogateur. Je dis que la journée avait été longue. Commandons une bouteille, alors, dit-il, et il fit signe au serveur. Tu sais ce que tu veux ? J'acquiesçai, j'avais juste jeté un coup d'œil au menu, mais nous avions déjà dîné plusieurs fois dans ce restaurant.

Quand le serveur eut pris notre commande, Adriaan me lança un regard. Comment va Jana ? Il ne l'avait pas encore rencontrée – ils se verraient pour la première fois le week-end suivant, Jana nous ayant invités à dîner précisément pour cette raison. J'avais hésité à le lui présenter même si nous nous étions rencontrés grâce à elle, du moins de manière indirecte, lors d'un vernissage au Kunstmuseum peu après mon arrivée à

La Haye. Jana m'avait proposé de venir, et après m'avoir présentée à un groupe de personnes, elle s'était éloignée pour des raisons évidentes, connaissant beaucoup plus de gens que moi dans cet endroit.

Je me souviens de m'être tenue au milieu de cette grappe d'inconnus, mon verre à la main et incapable de suivre la conversation qui commençait en anglais mais finissait en néerlandais. À cette époque-là, je ne parlais quasiment pas un mot de cette langue. Je remarquai Adriaan parce qu'il semblait à l'aise et parce que lui non plus ne disait rien alors que la conversation s'intensifiait autour de nous. J'avais gardé le silence si longtemps que je me demandais si je pouvais m'en aller discrètement, c'était étrange de rester à la lisière du groupe sans rien dire. À ce moment-là, Adriaan me demanda si je voulais boire autre chose. Je répondis par l'affirmative et il s'empara de mon verre vide, il fit une pause et demanda si je voulais l'accompagner.

J'étais soulagée de quitter ces gens. Nous traversâmes la salle des Mondrian et il me dit qu'il aimait beaucoup le musée et ses collections, que c'était un de ses endroits préférés en ville. Mais les vernissages lui paraissaient toujours étranges, tous ces gens qui discutaient sans prêter la moindre attention à l'art qui les entourait. Bien sûr, il faisait la même chose à cet instant, il n'avait aucun argument valable. Je ris et il se présenta. Alors que nous remontions la salle, j'expliquai que je venais d'arriver à La Haye et ne connaissais pas encore le musée. J'avais de la chance, dans ce cas, dit-il, il y avait un grand nombre de choses merveilleuses à découvrir.

La rencontre n'alla pas beaucoup plus loin, mais après nous être séparés, il revint vers moi et me demanda mon numéro de téléphone. La question avait été posée de manière tout à fait naturelle et je me souviens aussi du plaisir soudain que j'avais éprouvé en le voyant rebrousser chemin à travers la foule. Je lui donnai mon numéro, et plus tard ce soir-là il envoya un texto. Il demanda si nous pourrions nous revoir et je répondis d'un mot : Oui. Une telle réaction ne me ressemblait pas, ni dans sa brièveté ni dans sa nature sans équivoque, à croire que j'étais influencée par sa propre attitude directe. C'était, pensai-je, l'espoir offert par une nouvelle relation, l'opportunité d'être quelqu'un d'autre que soi-même.

Quand je parlai d'Adriaan à Jana, elle sembla presque perplexe, à moins qu'autre chose se soit emparé d'elle – dans son expression, je vis changer l'image qu'elle avait de moi. Elle n'avait jamais envisagé que je puisse être le genre de femme à se mettre aussi rapidement avec quelqu'un. Cela ne dura qu'une fraction de seconde, puis elle redevint elle-même et demanda comment il s'appelait, dit qu'elle ne le connaissait pas mais avait hâte de le rencontrer. Je trouvai sa voix trop enjouée, déclarai que je ne savais pas si on resterait ensemble assez longtemps pour que ça arrive. Mais les semaines puis les mois passèrent et nous étions toujours ensemble, aussi quand Jana suggéra ce dîner, il parut impossible de refuser.

Au restaurant, en regardant Adriaan qui me demandait comment allait Jana, je fus frappée de constater qu'il n'avait pas l'air stressé à l'idée de la connaître et n'en faisait pas toute une histoire. Ceci illustrait une fois de plus combien nous étions différents car ces choses-là n'étaient jamais si simples pour moi. J'avais les idées qui tournaient en rond, j'appréhendais cette rencontre, mais face au calme d'Adriaan, je me sentis rassurée. Elle va bien, dis-je. J'ai dîné chez elle hier. C'était bizarre, il s'est passé quelque chose dans sa rue, il y avait la police.

Quelqu'un a été blessé ?

Je ne sais pas.

Au même moment, le serveur arriva avec le vin, puis l'eau minérale ainsi qu'une assiette d'amuse-bouches. Adriaan attendit, le visage figé dans une grimace patiente, ces petites attentions n'étaient plus pour lui qu'un rituel à endurer. Quand enfin le serveur s'éloigna, Adriaan se pencha vers moi et plaça sa main sur la mienne comme pour réaffirmer que nous étions à nouveau seuls, tranquilles, maintenant que le serveur était enfin parti. L'attention était plus réconfortante qu'érotique, le geste d'un ami voire d'un père, même si sa signification n'était pas immuable et pouvait changer d'un instant à l'autre.

Quoi qu'il arrive, dit-il, s'il te plaît, ne t'installe pas dans le quartier de Jana.

Sa voix était à la fois inquiète et un peu taquine, comme si ces mots étaient une forme de séduction ou d'invitation. Je pensai à son appartement, les meubles choisis par sa femme, les portes fermées des chambres des enfants. La maison avait autrefois appartenu à ses parents. Et même si elle avait été rénovée de fond en comble, divisée en deux logements parce que trop grande pour une seule famille, il n'en restait pas moins que c'était le lieu où il avait passé toute sa jeunesse. Ce confort m'était étranger, nous avions déménagé si souvent quand j'étais petite que je ne me suis jamais sentie ancrée nulle part, nous arrivions, puis nous partions, ces années ne furent que mouvement.

Il en allait autrement pour Adriaan, et je songeai que c'était pour ça qu'il semblait si peu préoccupé par les vestiges matériels de son mariage, tous ces objets que, de mon côté, j'aurais fait disparaître lors de ma désertion, par douleur et dépit – la chaise achetée par Gaby, les livres dans la bibliothèque, les œuvres d'art sélectionnées ensemble. Il ne voyait pas la complexité de ces objets et de leur histoire, où qu'il soit, il n'était rien d'autre qu'un homme à l'aise chez lui. Je souris et serrai sa main dans la mienne. Ce calme était ce qui m'avait attiré chez lui, mais je comprenais aussi un peu mieux la détermination de Gaby à décorer les lieux, à les remplir de ses possessions, la détermination qu'elle mettait à essayer d'occuper un territoire étranger, et par ce biais je pouvais voir plus loin dans le passé d'Adriaan, par-delà l'échec d'un mariage.

*

Plus tard, alors que nous nous étions endormis dans ce qui était jusqu'à récemment le lit conjugal d'Adriaan, mais qui était devenu sans conteste le nôtre, je me réveillai. C'était le milieu de la nuit et Adriaan dormait à poings fermés, son grand corps nu allongé à mes côtés sur les draps en lin. Je le touchai, mais il ne bougea pas, sa peau lisse et immobile. Je finis par me lever et sortir de la chambre en fermant la porte sans bruit. L'obscurité de l'entrée formait une flaque autour de moi. Je cherchai l'interrupteur à tâtons et allai dans la cuisine. Je me servis un verre d'eau. Je regardai vaguement la rue par la fenêtre. Elle était quasi déserte, mais tout au bout je discernai un homme et une femme. Ils marchaient penchés l'un vers l'autre, effectuant quelques pas puis s'arrêtant, effectuant quelques pas puis s'arrêtant. À un moment la femme tourna la tête et jeta un coup d'œil alentour. Je m'avançai, pressant le visage contre la vitre.

Le couple se prit par la main et s'éloigna d'un pas rapide. Une seconde plus tard, ils avaient disparu. Ils avaient adopté un comportement furtif comme s'ils sentaient qu'on les observait, et je me demandai s'ils m'avaient aperçue à la fenêtre. Peut-être étaient-ils impliqués dans quelque trafic illicite, ou qui venait de leur apparaître comme tel – notre attitude change selon que nous nous savons surveillés ou pas. Je m'éloignai de la fenêtre et allai dans le salon. Je me surpris à examiner une fois de plus la photo de Gaby, Adriaan et les enfants – les enfants que je n'avais pas encore rencontrés et que j'avais du mal à imaginer. Je m'interrogeai sur la vie qu'ils avaient menée ici avec leurs parents, sur la façon dont ils avaient habité ces pièces, ce qui leur manquait à présent qu'ils étaient très loin, dans un autre pays. Je me demandai s'ils savaient que leur père fréquentait une autre femme et, si oui, ce qu'ils éprouvaient à ce sujet : colère, prudence, indifférence.

L'idée de faire leur connaissance restait floue, je n'arrivais pas à l'imaginer : moi face à ces enfants à présent adolescents. Un bruit me parvint de la chambre et je levai les yeux de la photo. J'entendis Adriaan se lever. Après un bref silence, il m'appela. Je suis là, dis-je et je m'écartai rapidement de la bibliothèque, Je n'arrive pas à dormir. Il apparut sur le seuil du salon. Ma chérie, viens te coucher. Je le dévisageai, il n'avait jamais utilisé ce terme affectueux avec moi. Le ton était tendre et familier, et d'un coup je pensai : il a dû le dire à Gaby, ce mot renvoie sûrement à elle, *Ma chérie, viens te coucher.* Un frisson d'angoisse me parcourut. Je m'approchai de lui, il avait le regard voilé de sommeil, et le temps d'une seconde je ne fus pas sûre qu'il soit réveillé. J'ouvris la bouche et faillis dire : *C'est moi.*

Il posa les mains sur mes épaules, d'un geste maladroit, et je me raidis. Quelle heure est-il ? demanda-t-il. Sa voix était posée et impersonnelle, comme s'il parlait à une inconnue. Deux heures, répondis-je. Il acquiesça, sembla intégrer l'information, ses yeux à nouveau presque fermés. Je n'arrivais pas à dormir, ajoutai-je, je ne voulais pas te réveiller. Il bâilla et, soudain, se pencha et m'embrassa dans le cou puis sur la bouche, ses mains glissant de mon dos vers mes fesses. Reviens te coucher, murmura-t-il de nouveau, son souffle dans mon oreille.

Dans une minute, dis-je, et je me dégageai. Qu'est-ce que tu fais, demanda-t-il, la voix toujours lente et assoupie. Quelque chose ne va pas ? Je secouai la tête. Je n'arrivais pas à dormir, répétai-je, ce n'est rien. Je te rejoins dans une minute. Il acquiesça et m'embrassa de nouveau comme si nous étions un couple vivant sous le même toit, comme si cette routine était installée – elle souffre d'insomnie occasionnelle, alors que je suis une vraie marmotte, je pourrais dormir debout dans un train, ça doit être agaçant pour elle –, peut-être cela avait-il fonctionné de cette manière entre Gaby et lui, peut-être avait-il prononcé ces mêmes mots pour décrire leur mariage.

Il sortit de la pièce. Je le regardai s'éloigner et quand je fus certaine qu'il était couché – le craquement discret des ressorts, le bruit d'un corps qui se retourne sur le matelas – je me concentrai sur la photo de Gaby posée sur les étagères. Je me rendis compte que j'avais besoin de penser à elle au passé, comme si Gaby et tout ce qu'elle représentait étaient solidement contenus, même si je savais que ce n'était pas vrai, qu'*elle était encore avec nous*. Même cette vie qui s'étalait partout autour de moi, la vie qu'elle avait vécue entre les murs de cet appartement, n'était pas nécessairement confinée au passé et pouvait resurgir dans le présent par un simple coup de fil, un unique billet d'avion, quelques minutes de somnambulisme.

Je regagnai la chambre. Adriaan se tourna et me fit face, il ne dormait pas du tout. Il me regarda, plus alerte que précédemment, et là, je sus qu'il me voyait moi et personne d'autre. Tout va bien ? demanda-t-il avec hésitation. Je me glissai dans le lit. Tout va bien, dis-je, j'ai bu de l'eau, je me sens beaucoup mieux. Il hocha la tête et m'attira à lui, contre son corps chaud. Tant mieux, dit-il. Le sommeil semblait déjà le rattraper, il n'avait pas fallu longtemps pour le rassurer. Bonne nuit, dis-je, mais impossible de savoir s'il m'entendit, il était à nouveau assoupi, son bras en travers de ma poitrine et sa tête lourde sur mon épaule.

5

Le lendemain matin, nous partageâmes un petit-déjeuner composé de fromage et de pain dans l'appartement, Adriaan fit du café en se servant d'une machine coûteuse qui faisait beaucoup de bruit et produisait un café surmonté de montagnes de mousse de lait. Quand il me tendit la tasse, je demandai si Gaby était responsable de l'achat de la machine. Qui d'autre ? dit-il, et l'on rit.

Il ne parla pas de la nuit précédente et son attitude était si naturelle que je me demandai si tout cela était vraiment arrivé. Après avoir mangé et nous êtres habillés, il me conduisit à l'arrêt de bus le plus proche. Il m'embrassa et dit qu'il m'enverrait un texto plus tard. En descendant de voiture, je vis le bus au bout de la rue. Je me penchai pour lui redire au revoir par la vitre baissée. Il sourit et m'embrassa une deuxième fois. Le bus approchait rapidement, mais je restai là un instant pour voir la voiture tourner au coin de la rue.

Il s'était remis à bruiner. Je traversai la chaussée en courant et rejoignis les autres passagers, leur visage stoïque à l'ombre de leur parapluie, la scène pareille à un tableau. Nous montâmes dans le bus en file ordonnée, à la façon mécanique des gens qui prennent les transports pour aller travailler. Il n'y avait plus de place assise, mais c'était sans importance, la Cour ne se situait qu'à quelques arrêts de chez Adriaan. En descendant, je vis une poignée de manifestants rassemblés dehors, les soutiens d'un ancien président d'Afrique de l'Ouest actuellement en procès, l'une des affaires jugées par la Cour qui faisait grand bruit. Au moment où j'entrais dans le bâtiment, l'un des manifestants me fourra un prospectus entre les mains avec un petit geste de supplication.

Peut-être à cause de cette demande polie mais insistante, je me mis à lire le bout de papier en traversant le hall. Il était couvert d'un texte en anglais et en français, le ton véhément : l'arrestation et le procès de l'ancien président n'étaient rien de moins qu'arbitraires, déclarait le tract, et toute cette histoire perfide. Imaginez l'émotion de l'ancien président qui n'avait même pas pu contester la légalité de son arrestation avant d'être livré d'un groupe d'ennemis à un autre ! Voilà le vrai visage du néocolonialisme, cet appareil de l'impérialisme occidental, cette Cour. Les accusations portées contre l'ancien président ne tenaient pas, montées de toutes pièces qu'elles étaient par le département d'État américain et l'Élysée pour des raisons plus politiques plus que judiciaires. Un coup d'État perpétré par des hommes gantés de blanc et auquel la Cour servait de façade...

J'arrêtai là ma lecture, pliai le papier et le glissai dans mon sac. Tous ceux qui travaillaient à la Cour comme moi avions déjà entendu ce genre de propos. Malheureusement, le bilan était sans appel : la Cour avait surtout enquêté et procédé à des arrestations dans des pays africains, alors que les crimes contre l'humanité proliféraient dans le monde entier. Il était vrai encore que ce bilan ne reflétait pas la complexité des attributions de la Cour ni les moyens limités dont elle disposait pour agir. Il était vrai encore que ce bilan ne comptabilisait pas les nombreuses enquêtes préliminaires menées par la Cour un peu partout sur la planète, mettant notamment en cause des puissances occidentales. Sauf qu'un discours ne convainc pas en entrant dans des détails complexes, mais en affichant clairement son message, et alors que je montais dans l'ascenseur puis gagnais nos bureaux, je regardai mes collègues et me demandai ce qu'ils avaient éprouvé, la première fois qu'on leur avait tendu l'un de ces tracts, quelle avait été leur réaction.

La question passa rapidement au second plan car, à peine arrivée, on m'annonça que Bettina voulait me parler. Je traversai le plateau à la hâte et frappai à la porte vitrée de son bureau, elle leva d'un coup les yeux et me fit signe d'entrer. Le titre officiel de Bettina était directrice des services linguistiques, c'était avec elle que j'avais passé mon entretien et elle qui m'avait embauchée. Elle supervisait un assez grand nombre d'employés – dix interprètes en plus des traducteurs qui travaillaient pour les divers départements de la Cour. Elle n'était pas désagréable, peut-être même qu'au fond c'était quelqu'un de chaleureux, impossible pour moi de le savoir. C'était ma seule supérieure directe et elle faisait en permanence face à une pression considérable, son visage affichait le plus souvent un sombre rictus d'appréhension, elle se contentait d'attendre que les choses se passent mal.

Elle me demanda comment j'allais, sourcils froncés devant son écran d'ordinateur. Après un bref silence, je répondis : Bien. Elle acquiesça et sans plus de cérémonie déclara que ce qu'elle était sur le point de me dire était confidentiel, du moins pour l'instant. Elle leva enfin les yeux vers moi, qui me tenais debout devant son bureau. Assieds-toi, je t'en prie, dit-elle en s'excusant, et je vis à son regard qu'elle était plus soucieuse que d'habitude.

Elle reprit. La Cour a réussi à faire extrader un djihadiste très connu mis en examen pour quatre crimes contre l'humanité et cinq crimes de guerre. Les autorités qui le détenaient nous l'ont livré plus tôt dans la journée et là, il est dans l'avion. Ceci est strictement confidentiel, répéta-t-elle, y compris à la Cour, seule une poignée de personnes sont au courant de l'arrestation, le mandat n'a été délivré qu'il y a quelques jours. Je te demande de ne pas en parler à tes collègues. La situation est instable.

Elle s'arrêta, comme pour remettre en ordre ses idées. L'accusé devrait atterrir à La Haye juste après minuit, et de là, il sera transféré au Centre de Détention. Je voudrais que tu restes à disposition pour prendre en charge l'interprétariat. Il aura besoin qu'on lui lise ses droits, mais pas seulement, bien sûr, il aura peut-être des questions ou des problèmes pratiques à nous communiquer. Il est très difficile de prédire l'humeur des accusés quand ils arrivent en détention, souvent ils sont dans un état de choc ou dans le déni.

Celui-ci devrait parler français, poursuivit-elle. C'est la langue officielle de son pays et nous ne prévoyons pas de problèmes de compréhension. Elle me tendit un dossier. Tu ne devrais pas en avoir besoin ce soir, dit-elle en s'excusant. Mais si tu trouves un moment pour y jeter un coup d'œil, ce serait bien. Il sera fatigué, j'espère que tu ne devras pas y rester trop longtemps. Il va sans dire qu'on te dédommagera de tes frais de transport, prends un taxi si besoin. Son regard se déplaça, je détectai une certaine excitation dans ses manières, je vis que ses mains tremblaient très légèrement.

J'insiste, dit Bettina et je levai les yeux de ses mains. J'insiste : ceci est strictement confidentiel et tu ne dois pas en parler à tes collègues, ni à personne d'autre. La Cour agit avec prudence, comme tu le sais, l'institution est à un tournant de son existence. J'acquiesçai. Je savais que pour la Cour cette arrestation signifiait que les observateurs allaient affluer, les retransmissions en direct seraient suivies de près, le moindre mot prononcé serait bien plus entendu qu'à l'accoutumée. Tu devras te présenter là-bas à une heure du matin, expliqua Bettina. Elle baissa les yeux vers ses papiers et ajouta : Je me demande comment il se comportera. Elle ne semblait pas attendre de réponse et je me tournai pour partir.

Plus tard, je m'installai à mon bureau, le dossier ouvert devant moi. J'étais un peu gênée, les mots de Bettina résonnaient encore à mes oreilles, son injonction au secret. Mes collègues étaient absorbés par leur travail et je voulais me familiariser avec les grandes lignes de l'affaire, les dates clés, les noms et les lieux, même si, comme Bettina l'avait dit, ces informations me seraient sans doute inutiles puisqu'il y avait des chances pour que l'entrevue soit brève. Je me mis à lire. L'accusé avait été membre puis chef d'une faction militante islamiste qui avait pris le contrôle de la capitale à peine cinq ans plus tôt. Cette faction avait immédiatement instauré la charia au sein de ce territoire occupé, avait interdit la musique, forcé les femmes à porter la burqa, et mis en place des tribunaux religieux. Ce n'était que le deuxième djihadiste à être incarcéré par la Cour, beaucoup des accusations concernaient la persécution des femmes – le mariage forcé, les viols à répétition, les filles et les femmes utilisées comme esclaves sexuelles. La torture ainsi que les persécutions pour raisons religieuses, avec notamment la profanation de tombes, étaient aussi au nombre des chefs d'inculpation.

Le dossier s'accompagnait d'un mot disant que même si l'affaire allait peser puisqu'elle n'était que la deuxième à intégrer une accusation de persécutions liées au genre, il n'en restait pas moins que la nationalité de l'accusé n'aiderait pas à combattre l'opinion de plus en plus répandue que la Cour souffrait d'un préjugé contre les pays africains. Je repensai au tract et aux manifestants. Une photo de l'accusé était attachée au dossier. Il se trouvait dans la rue et regardait d'un côté comme s'il avait conscience d'être pris en photo, le corps en mouvement et son expression furtive. Il avait le visage en partie caché par un foulard, avec des yeux extraordinairement perçants ; le reste de ses traits plutôt quelconque exprimait la fatigue.

Je rentrai chez moi après le travail en me disant que je pourrais peut-être essayer de dormir en début de soirée puisque je ne savais pas si je passerais quelques minutes ou plusieurs heures au Centre de Détention. Ainsi que me l'avait expliqué Bettina, il était difficile de prédire dans quel état l'accusé arriverait, s'il serait sous le choc ou furieux, s'il garderait le silence ou déverserait un flot de questions, d'accusations et de contre-accusations, s'il serait simplement fatigué après son voyage comme un homme d'affaires après un vol long-courrier ou s'il serait au bord de l'effondrement physique. Je dînai et dormis de façon intermittente, roulée en boule sur le lit, la couette remontée sur moi. Impossible de dormir pour de bon, il était trop tôt dans la soirée et la mission à venir me pesait.

Toujours couchée, tandis que l'extérieur portait encore des traces de lumière, le bruit des voisins me parvenant à travers les murs de l'appartement, c'était la photo, l'image de cet homme qui me perturbait le plus. Il ne ressemblait pas à ce que j'avais imaginé, son visage ne correspondait pas à la gravité des crimes dont j'avais lu les détails dans le dossier. Ce n'était pas qu'il ait l'air innocent ou coupable, mais plutôt que son visage soit entièrement dépourvu de profondeur.

Dans quelques heures, je rencontrerais cet homme qui ne serait donc plus réduit à un nom et une photo, à une liste d'actes et d'accusations, mais deviendrait un individu appartenant à ce monde. Je ne savais pas si j'y étais prête, cela semblait presque dépasser l'entendement – à un moment donné, il avait franchi une frontière et ce qui faisait sa personne avait été vidé. Peut-être que le caractère vague de la photo était exact et me préparait à la nature de cette future rencontre. Je consultai mon téléphone, pas de message. Je pensai à Adriaan, fermai les yeux et tentai de dormir.

*

Je me mis en route pour le Centre de Détention un peu avant une heure du matin. Les rues étaient désertes quand le taxi se rangea le long du trottoir. Je claquai la portière, annonçai la destination et vis le conducteur lever les yeux de sorte que je lui demandai s'il savait où le bâtiment se trouvait et il acquiesça.

Alors que nous traversions la ville en direction des dunes, il me regarda dans le rétroviseur à plusieurs reprises comme s'il essayait de deviner quelle était ma fonction, peut-être que je ne correspondais pas à l'idée qu'il se faisait d'une avocate, d'une juge ou d'une représentante officielle de la Cour. Peut-être qu'il imaginait quelque chose de beaucoup plus sordide étant donné l'heure tardive, peut-être me prenait-il pour une escort offrant ses services à l'un des détenus du Centre, ce n'était pas impossible. Je baissai les yeux vers mes vêtements, j'étais habillée de manière assez classique, dans le style qu'on appelait généralement le « business casual » – mais on m'avait dit que c'était exactement comme ça que les escorts s'habillaient, celles qui n'étaient pas dans la rue, celles sur qui l'exigence de discrétion exerçait une pression considérable, qui avaient des clients célèbres et puissants, le genre d'hommes qu'on imaginait bien être incarcérés au Centre de Détention. Je m'enfonçai dans mon siège, tirai sur le bas de ma jupe, inquiète à l'idée d'être vêtue d'une façon provocatrice sans l'avoir cherché ; cet homme n'avait fait qu'exacerber mon embarras.

Je fus donc soulagée d'arriver au Centre de Détention qui se dressait en lisière de la ville, non loin de la Cour. Dans la nuit, il semblait menaçant, avec ses grands murs et ses caméras de surveillance, et avait tout d'une prison sauf le nom. Je payai le chauffeur, qui demanda si je voulais qu'il m'attende, je rougis et dis que je ne savais pas pour combien de temps j'en aurais et que j'appellerais donc un taxi en sortant. Il me tendit sa carte de visite et ajouta qu'il travaillerait toute la nuit, le geste me parut salace et aussi un peu pathétique, et je fis tomber la carte dans ma poche avec l'envie de me laver les mains. La voiture s'éternisa le temps que j'appuie sur la sonnette, mais heureusement la porte s'ouvrit aussitôt. Je franchis un corps de garde médiéval et passai la sécurité, qui me prit mon sac et examina mon passeport.

On me tendit un badge et on me dit d'attendre, le gardien m'indiquant une rangée de sièges en plastique. J'attachai le badge à ma veste et m'assis. L'endroit – qui ressemblait moins à une réception ou un hall qu'à un couloir le long duquel avaient été disposées des chaises – était propre et anonyme, j'aurais pu me trouver dans n'importe quel bâtiment municipal, au service des cartes grises, par exemple. Ce sentiment grandit alors que sonnaient deux heures du matin, puis trois, la sensation d'attendre une bureaucratie lente et agressive ne fit qu'augmenter, je n'avais jamais été dans cette situation et pourtant, mes yeux brouillés par l'épuisement, j'avais tout à fait l'impression de m'être déjà trouvée ici, tout ce qui composait l'acte d'attendre ayant effacé les spécificités de la situation. Je n'arrivais plus à me rappeler qui j'attendais, seulement que j'attendais quelqu'un qui pourrait ne jamais arriver et que je pourrais ne jamais quitter ce vestibule.

Un peu après trois heures, la porte derrière moi s'ouvrit brutalement. Je me levai, un gardien en uniforme m'indiqua de le suivre. Soudain, j'eus la bouche sèche, nous remontâmes une série de couloirs à l'éclairage cru, franchîmes des portes, le gardien passant des cartes magnétiques et composant des codes jusqu'à ce qu'on atteigne ce qui ressemblait à un bloc de cellules. Toutes les portes étaient fermées sauf une, et dans l'entrebâillement je vis un certain nombre de représentants de la Cour. Ils ne parlaient pas particulièrement bas, leurs voix résonnant dans le couloir, et je me surpris à m'inquiéter des occupants des autres cellules dont le sommeil devait être perturbé. Quand nous arrivâmes à la cellule, les officiels me saluèrent avec courtoisie, avec un air brusque d'urgence professionnelle. Je leur retournai leur salut, puis il y eut un instant où personne ne parla.

Finalement, quelqu'un se racla la gorge. Il n'avait pas été simple de persuader l'accusé de descendre de l'avion, il avait refusé de se lever de son siège. Mais cette fois il est là, ajouta l'officiel, il est en route. J'acquiesçai, me demandant comment l'accusé avait formulé son refus, à la manière d'un petit enfant qui ne veut pas quitter sa poussette ou à celle d'un dissident politique qui résiste à l'évacuation d'un site. À moins que ses jambes aient simplement cédé sous lui et qu'il se soit retrouvé incapable de se lever. Le genre d'espace où nous étions réunis se situait entre la cellule et la chambre d'internat, comprenant un lit simple, un bureau ainsi qu'une cuvette de toilettes dans un coin. Un écran plat était fixé au mur. Il y avait une grande fenêtre avec des barreaux à l'autre extrémité de la pièce.

Nous entendîmes le bruit de la porte du bloc cellulaire s'ouvrir au loin et nous nous retournâmes aussitôt. Malgré la fatigue et la nature provisoire du cadre, une vague d'impatience déferla dans la pièce. La porte claqua et nous parvint le bruit de pas traînant dans le couloir le long des cellules avec ce qui semblait être une lenteur incroyable. J'étais sûre que les autres détenus étaient réveillés et écoutaient, peut-être qu'ils se rappelaient leur propre arrivée au Centre de Détention, le début de ce qui serait un état d'attente indéterminé et donc d'autant plus douloureux. Le bruit des pas alla crescendo, puis s'arrêta et l'accusé apparut sur le seuil de la cellule.

Il était accompagné de deux gardiens, portait un vêtement long traditionnel et avait l'air tellement plus vieux que sur la photo, pourtant récente a priori, que ma gorge se serra aussitôt sans que je puisse expliquer pourquoi. Il adressa un regard noir à chacun d'entre nous, les lèvres pincées, clairement dégoûté par la situation. La grappe humaine que nous formions était mal à l'aise jusqu'à ce que l'un des représentants de la Cour s'avance, affichant une expression gênée, voire embarrassée. Il hésita, me regarda et je m'approchai de l'accusé. Après une autre pause, l'officiel ouvrit enfin la bouche, une inflexion d'excuse et d'hésitation dans la voix. Je vais vous lire vos droits.

Je commençai l'interprétariat, le corps penché vers l'accusé et lui parlant tout bas à l'oreille. L'homme éloigna vivement la tête comme s'il était agacé par un moustique ou je ne sais quel autre insecte volant, ne montra aucun signe qu'il écoutait. L'officiel se tut, je terminai un instant plus tard et puis l'officiel demanda à l'accusé s'il avait des questions. J'interprétai, l'accusé expira bruyamment et je ralentis, les mots se perdant dans l'air. L'accusé se mit à parler rapidement en arabe et alors qu'il regardait le représentant de la Cour avec colère et gesticulait en direction de la pièce – qu'il trouvait, à ce que je devinais de son ton et de ses gestes, tout à fait inadaptée ou inacceptable – la panique monta en moi. J'échangeai un coup d'œil avec l'officiel qui me dévisageait, plein d'attente. Je secouai la tête – je connaissais à peine quelques mots d'arabe – et me tournai vers l'accusé.

Finalement, l'accusé m'examina et me demanda – dans un français qu'il parlait couramment bien qu'avec hésitation, remarquai-je – pourquoi on ne lui avait pas attribué un interprète de langue arabe. J'allais m'excuser, mais il m'interrompit – levant une main et refusant désormais de me regarder comme si ma simple vue l'offensait, peut-être parce que j'étais la seule femme dans la pièce ou qu'il trouvait mon français problématique – et poursuivit en arabe, sa voix montant d'un cran, presque belliqueuse. Les représentants de la Cour étaient manifestement déconcertés et commençaient à me tenir responsable de la situation, à l'évidence je manquais à mon devoir, même si ce n'était pas vraiment ma faute. L'homme avait besoin qu'on lui lise ses droits dans une langue qu'il comprenait mais que je ne semblais pas parler, et pourtant – parce que je ne savais pas quoi faire d'autre et que la situation paraissait exiger que je fasse quelque chose – je me mis à réciter une fois de plus le texte dans mon français offensant, parlant par-dessus lui et lui demandant s'il avait compris.

Est-ce que vous comprenez ? répétai-je.

Oui, finit-il par dire en français.

Brusquement, il alla s'asseoir sur le lit. Je vis qu'il était épuisé. Il s'allongea, ferma les yeux et quelques secondes plus tard – ce fut si rapide que c'en était à peine croyable – il ronflait. On le regarda un moment, puis l'un des représentants désigna la porte d'un mouvement de tête, en silence on sortit de la pièce et le gardien verrouilla la porte derrière nous. Le représentant me dit : On va demander un arabophone. J'acquiesçai. J'avais presque de la peine pour lui, dit-il en secouant la tête. Je n'étais pas d'accord, je ne pouvais m'empêcher de penser que nous avions plus ou moins été manipulés – même si j'étais incapable de dire dans quel but puisque l'accusé n'avait rien obtenu par cette petite mise en scène et, bien sûr, il avait droit à un interprète travaillant dans la langue de son choix.

Le représentant m'autorisa à partir, il était désormais – il regarda sa montre – presque quatre heures du matin. J'enfilai mon manteau, suivis l'un des gardiens dans le labyrinthe de couloirs et revins au poste de sécurité. Le gardien appela un taxi qui arriva sans tarder. Alors que nous traversions la ville, l'obscurité était complète, pas le moindre début d'aube en vue, et la nuit me parut interminable. Arrivée devant chez moi, je payai le chauffeur qui attendit que j'entre dans l'immeuble. Le ciel s'éclairait enfin de manière imperceptible, le soleil serait levé dans deux heures. Je consultai mes messages, Adriaan m'avait envoyé un texto plusieurs heures plus tôt en me demandant comment j'allais et puis un autre où il voulait savoir ce qu'il pourrait apporter à Jana en plus d'une bouteille de vin. Je m'allongeai sans répondre et m'endormis.

6

Je reçus un autre texto d'Adriaan plus tard dans la matinée. Il pourrait apporter quelque chose du restaurant indonésien au coin de sa rue, histoire que Jana n'ait pas à cuisiner. Je lus le message et retournai me pelotonner dans mon lit. L'arrivée de ces messages, leur nature ordinaire, me procurait une sensation de réconfort dont j'ignorais avoir eu besoin. Le tumulte de la nuit précédente m'avait affectée plus que je ne l'avais imaginé.

Cette sensation ne m'avait pas quittée quand je me réveillai à midi. Nous étions samedi, la Cour annoncerait sans doute la nouvelle lundi, je ne pourrais pas parler des événements de la nuit avant un moment. Alors que j'étais encore au lit, je me demandai si l'accusé s'était réveillé du profond sommeil dans lequel il avait sombré – enfin, si ce sommeil n'était pas feint –, surpris de se trouver dans un endroit aussi étrange et hostile après avoir été transporté ailleurs dans ses rêves. S'il avait été submergé par l'impression qu'il était la mauvaise personne au mauvais endroit. Je me rendis compte que c'était, dans une moindre mesure, ce que j'avais éprouvé dans la cellule, incapable de comprendre ses mots, incapable d'effectuer la tâche qui m'avait été confiée, comme si on m'avait confondue avec quelqu'un d'autre.

Je répondis au sms d'Adriaan. Apporter à manger serait gentil et très apprécié, je préviendrais Jana. Il répondit aussitôt qu'il me retrouverait là-bas. Qu'il m'appelle s'il avait du mal à trouver l'appartement de Jana, ajoutai-je. Mais il s'avéra que si Adriaan s'était perdu en route, avait pris le mauvais chemin sans le faire exprès ou s'il lui était arrivé quelque chose, s'il avait appelé pour savoir s'il était sur la bonne voie ou n'avait pas tourné au bon endroit, je n'aurais pas été en mesure de l'aider, je n'aurais pas décroché le téléphone. Je m'étais endormie comme une narcoleptique – sur le canapé, un livre sur les genoux, la tête en arrière et le téléphone dans la pièce d'à côté, si bien que je n'aurais pas pu l'entendre sonner. Si Adriaan avait appelé. À mon réveil, à vingt heures passées, je n'avais aucun appel en absence ni aucun message et il faisait nuit. J'avais dormi une bonne partie de l'après-midi.

Je m'habillai à la hâte et envoyai un message conjoint à Jana et Adriaan pour les prévenir de mon retard. L'obscurité régnait dehors, les rues électrisées par les futures festivités de la soirée. Je pris un taxi, j'avais déjà une demi-heure de retard et, bien sûr, Adriaan serait à l'heure. Alors que le chauffeur s'insérait dans le flux de la circulation – qui était inhabituellement encombrée, du moins c'est ce qu'il me semblait, peut-être à cause de mon impatience, j'avais conscience que Jana et Adriaan étaient réunis dans des circonstances plus inconfortables et intimes que prévu – je me penchai et regardai par la vitre, à ce rythme, il faudrait au moins vingt minutes pour arriver jusque chez Jana.

La circulation ne se fluidifia pas, j'arrivai chez Jana à presque vingt et une heures et Adriaan était là depuis plus d'une heure. Tu es en retard, déclara Jana en ouvrant la porte. Il n'y avait pas de reproche dans sa voix et elle souriait, paraissait détendue, ce qui lui ressemblait peu. J'étais déroutée par son apparence, elle avait l'air très différente de d'habitude, au point que je faillis ne pas la reconnaître. Elle resta à la porte plus longtemps que nécessaire, comme pour m'empêcher d'entrer, et un instant je crus qu'elle avait quelque chose à me dire. Derrière elle, j'aperçus Adriaan debout dans la cuisine, un verre de vin à la main. Il nous regardait avec une expression curieuse, je me demandai ce que Jana lui avait raconté.

Elle finit par dire, Entre, et recula presque à regret. Je jetai un autre coup d'œil à Adriaan et retirai mon manteau, posai mon sac en affichant une expression interrogative ; mais il ne le remarqua pas ou bien choisit de ne pas y prêter attention, il s'avança avec son verre de vin et m'embrassa, son comportement très naturel. J'avais conscience que Jana nous observait, et au dernier moment je tournai la tête, éloignant ma bouche et approchant ma joue si bien que le baiser fut maladroit. Je me sentis rougir. Désolée d'être en retard. Il haussa les épaules et dit que ça n'avait pas d'importance, il semblait amusé, il était penché au-dessus de moi d'une façon bizarrement protectrice, et une fois de plus j'aurais aimé ne pas être aussi en retard.

Alors, comment vous vous entendez ? demandai-je. Ils échangèrent un regard en souriant, je n'observais pas Adriaan, mais Jana. Elle avait mis du rouge à lèvres et de l'ombre à paupières, ce qu'elle ne se donnait généralement pas la peine de faire, ou c'était peut-être tout bonnement parce que je n'avais pas l'habitude de voir ses lèvres et ses yeux si colorés et soulignés de cette manière, ses traits accentués. Il me fallut un peu de temps pour comprendre qu'elle s'était sans doute maquillée pour Adriaan plutôt que pour moi. Je me demandai alors ce que ça faisait d'être un homme si souvent entouré de personnes aux traits à ce point marqués, plus animés qu'au naturel.

Je contemplai Jana, puis Adriaan. Je vis qu'une certaine intimité s'était établie entre eux. Ce n'était pas surprenant, et j'aurais même pu le prédire depuis le début puisqu'ils avaient tous les deux du charme et je pourrais même ajouter qu'ils étaient séduisants. C'était sans doute la raison de l'inexplicable métamorphose de Jana : au bout du compte, cela ne pouvait pas se résumer à du rouge à lèvres et du mascara qui n'étaient que la manifestation physique d'un changement plus impalpable. Il me vint soudain à l'esprit qu'ils formaient un couple cohérent, Gaby devait être le même genre de femme que Jana, franche et sûre d'elle, le reflet d'Adriaan. Les couples étaient souvent comme ça, même quand la ressemblance n'était pas là au départ. Avec méfiance, je les observai échangeant un regard plus long qu'il ne semblait nécessaire. Jana souriait bêtement, ou du moins ce fut mon impression.

J'éprouvai une bouffée de jalousie. On s'est débrouillés, dit Adriaan d'une voix normale. Il se tourna pour me regarder, chaleureux et souriant, il n'avait pas l'air d'avoir quoi que ce soit à cacher. Jana m'a fait passer un mauvais quart d'heure mais je vais bien, j'ai survécu. Même si la phrase était prononcée à mon intention, et même si Adriaan continuait de m'adresser ce regard amical et transparent, j'eus l'impression que ses mots étaient encore une preuve de la complicité entre Jana et lui. Jana ne l'avait pas quitté des yeux et riait trop fort, rejetant ses cheveux en arrière d'une façon extravagante, un geste que je ne lui connaissais pas, à croire qu'elle s'était entièrement réinventée pour l'occasion.

C'est faux ! s'exclama-t-elle sur le ton du flirt. Ce n'est pas du tout ce que j'ai fait. J'ai posé des questions, c'est tout, je suis très protectrice envers mon amie, tu sais qu'elle est plutôt seule ici – ces paroles me donnèrent l'impression que je n'avais pas ma place dans cette ville, ce pays ou même dans cette pièce. Elle passa un bras autour de mes épaules, un mouvement sans aucun doute affectueux, mais qui parut bizarre et ne lui ressemblait pas, car elle n'était généralement pas tactile. Elle me serra l'épaule, une étreinte qui me rappela ma rencontre avec Kees à la soirée où j'avais appris qu'Adriaan était marié. Je dus avoir l'air mal à l'aise, à moins qu'Adriaan ait remarqué la similitude entre ces deux gestes parce qu'il fronça légèrement les sourcils et Jana finit par me lâcher. Je me raclai la gorge, demandai s'il n'était pas temps de se mettre à table. Jana tourna brusquement les talons et dit, Adriaan a apporté des plats indonésiens d'un restau que je ne connais pas.

Elle avait dressé la table, il y avait des serviettes en tissu, des sets de table et des bougies.

Mangeons, dit Jana. La nourriture est dans le four, au chaud. Nous ne savions pas de combien tu serais en retard. Je m'aperçus que ni l'un ni l'autre ne m'avaient demandé d'explication. Elle sortit les barquettes en aluminium du four, secoua la tête quand je proposai de l'aider et nous dit de nous asseoir.

Adriaan et moi nous tenions à côté de la table en silence, contemplant les flammes vacillantes des bougies – Jana ou Adriaan ou je ne sais qui avait pris la peine de les allumer. Ça se passe comment, au travail ? Tu vas bien ? lança Jana. Elle faisait beaucoup de bruit en ouvrant et fermant la porte du four pour en sortir les plats, entrechoquant les assiettes. Ça va, criai-je en retour, une réponse qu'elle parut à peine entendre. Une partie de moi était soulagée, j'aurais eu du mal à tourner autour du pot et ne pas mentionner l'arrestation, j'aurais dû contourner un élément qui prenait tant de place dans mon esprit qu'ils auraient de toute façon fini par le sentir.

De plus en plus de bruit nous parvenait de la cuisine, et après avoir jeté un coup d'œil à Adriaan, j'allai voir Jana en lui disant, Laisse-moi te donner un coup de main, et ensemble on rapporta les plats à table. La nourriture avait l'air délicieuse et Jana ne tarda pas à complimenter Adriaan sur ses choix, Je n'aurais pas fait mieux, dit-elle. Le compliment était étrange à la limite de l'ineptie et plus ou moins mensonger puisque Jana adorait cuisiner et aller au restaurant, et de toute façon, acheter des plats à emporter n'avait rien d'une réussite spectaculaire. Jana leva son verre de vin et dit, Nous voici enfin tous réunis. Elle souriait encore et sa voix tremblait sous l'effet de la tension. Adriaan hocha la tête en levant son verre, il remercia Jana de l'avoir invité chez elle, de nous trois il était le seul à sembler vraiment à l'aise.

Pendant un moment, Jana et moi le regardâmes nous servir. Nous étions converties en femmes qui admiraient la compétence d'un homme, ce qui était épouvantable et absurde. Il se contentait de mettre des nouilles, du riz et des morceaux de viande dans nos assiettes, et pourtant moi aussi je l'observais avec reconnaissance, peut-être parce que j'avais conscience de l'admiration que lui portait Jana. Je savais très bien que sa frénésie s'expliquait par son attirance pour Adriaan, c'était une femme qui avait l'esprit de compétition et devait éprouver le besoin d'établir sa supériorité dans cette situation, qu'elle avait initiée puisque, après tout, c'était elle qui avait suggéré ce dîner.

Quant à Adriaan, il aurait pu penser ou éprouver n'importe quoi. Sa perception de Jana ou même de toute cette soirée me restait indéchiffrable. Peut-être songeait-il qu'accepter ce dîner avait été une erreur, nous n'étions que tous les trois, et manifestement le repas avait été organisé pour que Jana puisse l'évaluer. Pendant ce temps, Jana faisait attention à ne pas aborder son mariage ou sa séparation, et l'interrogea plutôt sur son travail, l'endroit où il vivait, des questions inoffensives dont elle connaissait déjà les réponses, ne s'aventurant sur aucun terrain potentiellement compromettant.

L'exercice dans son ensemble avait un air de futilité et de fausseté. Adriaan devait parfaitement savoir que Jana était au courant de tout ce qui avait trait à son travail ou son lieu de vie, mais aussi à son mariage avec Gaby et son état irrésolu. L'habile façade de sa conversation ne pouvait pas non plus cacher le fait que Jana savait qu'Adriaan savait qu'elle savait, un non-dit qui se répercutait dans toute la pièce. Et pourtant notre attitude ne semblait pas particulièrement étrange, les gens étant sans arrêt malhonnêtes, consciemment ou pas. À moins que la malhonnêteté soit ici plus concrète, pensai-je soudain, peut-être résidait-elle dans quelque chose qu'ils me cachaient, une dispute qu'ils avaient eue ou un marché qu'ils avaient conclu, puis je me demandai si cela avait eu lieu dès l'arrivée d'Adriaan, peut-être Jana l'avait-elle invité à entrer et lui avait dit, Écoute, je veux savoir comment ça se passe entre vous, je veux savoir précisément quelles sont tes intentions.

Elle était tout à fait capable de faire une chose pareille – comme Adriaan, elle pouvait se montrer d'une franchise exceptionnelle. Jana se tourna vers Adriaan et dit sur un ton espiègle, Je sais que tu n'approuves pas qu'une jeune femme vive dans cette partie de la ville – je levai les yeux, surprise, je n'avais jamais évoqué le sujet avec Jana et pourtant elle avait plutôt bien cerné la personnalité d'Adriaan, l'opinion qu'il pouvait avoir du quartier, et elle avait deviné chez lui un conservatisme dont je doutais qu'il avait lui-même conscience. Et c'est vrai, poursuivit Jana, on y est un peu moins en sécurité qu'ailleurs puisque l'autre jour encore il y a eu un incident. Un homme s'est fait agresser juste devant chez moi.

Adriaan posa sa fourchette sur son assiette comme pour prêter à Jana toute son attention.

Quand je suis venue dîner l'autre soir ? demandai-je et elle acquiesça.

L'homme est à l'hôpital. Jana marqua un temps. Cela aurait pu être l'un d'entre nous, ça aurait pu être toi, dit-elle en s'adressant directement Adriaan. En fait, l'homme en question te ressemble un peu, j'ai cherché une photo de lui, c'est un homme riche avec une bonne situation, il était sans doute venu dîner chez des amis dans le quartier, un peu comme vous ce soir.

Mais comment sais-tu tout ça ? demandai-je. Ils ont révélé son nom, dit-elle. Je l'ai lu dans un article qui ne donnait pas beaucoup plus d'informations, mais une fois que j'ai eu le nom, tu sais comment c'est avec Internet, tout est à disposition. C'est un marchand de livres anciens, il s'appelle Anton de Rijk, il a une boutique qui marche très bien dans la vieille ville. Il vit sans doute par chez toi, dit-elle à Adriaan. Même si la conversation était soudain devenue très sérieuse, Jana continua de flirter, mais sous une forme très agressive car suggérer qu'Adriaan aurait lui aussi pu atterrir à l'hôpital n'avait rien de très amical.

Oui, il allait sûrement dîner chez des amis, répéta-t-elle, sauf qu'il n'est jamais arrivé. À votre avis, combien de temps ont-ils attendu avant de se mettre à table ? Une heure ? Une heure et demie ? Elle se tut comme si elle venait de se souvenir que peu de temps auparavant Adriaan et elle avaient attendu que j'arrive pour se mettre à table. Un jour, tu mènes une vie ordinaire avec des hauts et des bas ordinaires, et puis cette vie est brisée et ton sentiment de sécurité disparaît à jamais. Tu passes tes journées à regarder par-dessus ton épaule, ta compréhension du monde est modifiée, tu ne le vois plus que comme un endroit menaçant, plein d'hostilité.

Elle prit sa fourchette et se mit à manger, ayant à peine touché ce qu'il y avait dans son assiette alors qu'elle avait manifestement faim. Adriaan déclara que c'était comme ça que fonctionnait la violence et que c'était pour ça qu'elle parvenait si bien à déstabiliser la société, que c'était pour ça que le terrorisme était efficace. Jana avala, reposa sa fourchette et prit son verre de vin. C'est sûr, dit-elle brusquement.

Il a quand même bien dû se passer quelque chose, dit Adriaan. Il n'y a aucune raison de tabasser quelqu'un si on en a juste après son argent, si un homme menace de s'en prendre à toi, s'il te demande ton portefeuille et ton téléphone, tu les lui donnes, on sait tous ça.

Oui, mais il arrive que les choses tournent mal, dit Jana. Même le criminel le plus endurci peut paniquer et aller plus loin que prévu, le corps est à la fois plus résilient et plus fragile qu'on ne l'imagine, même ceux qui sont habitués à la violence peuvent être pris par surprise. Ou alors l'agresseur était un amateur et a sous-estimé sa force. Ou encore il a agi par malveillance, ce n'est pas impossible non plus, si ? Jana haussa les épaules. Au fond, l'intention ne compte pas que l'assaillant – ou les assaillants, il a très bien pu y en avoir plus d'un – ait agi par malveillance ou sous le coup de la panique, il reste que le pauvre homme est toujours à l'hôpital et figure-toi que ça fait plusieurs jours, j'en conclus qu'il a dû être gravement blessé.

Est-ce qu'ils ont attrapé ceux qui ont fait ça ? demandai-je.

Je suis sûre que la situation est sous contrôle, dit-elle, ils ont sans doute déjà un suspect, on a des caméras de surveillance dans la rue, rien n'est plus invisible. J'ai toujours détesté les caméras, je pensais que c'était la marque d'un État policier. Mais maintenant, avec elles, je me sens un peu plus en sécurité, je suppose que c'est comme ça que les gens deviennent conservateurs. Jana s'était calmée. Que ça te plaise ou non, tu ne vois plus les choses de la même manière quand tu deviens propriétaire. Même si ton appartement est minuscule, c'est difficile de ne pas se laisser contaminer, il y a une différence entre vivre en théorie et vivre en pratique.

Elle s'exprimait comme si posséder un bien immobilier l'avait transformée du tout au tout, comme si elle avait été enterrée derrière les remparts de son appartement, sa vie désormais ossifiée. Mais je savais que c'était faux, que la situation de Jana restait incertaine, que la stabilité qui nous entourait n'était qu'une question d'apparences. Je me rendis compte que c'était ce qu'avait dû éprouver Adriaan quand il était rentré chez lui et avait découvert un appartement vide. Je le regardai depuis l'autre bout de la table, c'était ce qu'il avait dû ressentir quand il avait récupéré ses enfants à l'école et les avait fait s'asseoir, quand il avait cherché les mots pour leur annoncer que leur mère était partie. Toutes nos certitudes peuvent voler en éclats sans prévenir. Rien ni personne n'échappe à cette règle, pas même Adriaan.

7

Jana garda le silence un long moment. Elle avait les traits tirés de fatigue et d'inquiétude, et je l'imaginai passant la nuit à tourner en rond, regardant par la fenêtre, se levant pour aller vérifier que la porte était fermée à clé. Il n'y avait désormais plus la moindre trace de coquetterie dans ses manières, rien n'était plus factice, elle semblait s'être tout à fait renfermée sur elle-même.

Une longue minute plus tard environ, elle leva les yeux et sourit. Cette conversation a pris un tour déprimant par ma faute. Elle prit la bouteille et se versa un autre verre, avant de nous resservir Adriaan et moi. Je secouai la tête et dis quelque chose comme : C'est naturel de s'inquiéter, des mots sans signification particulière. Le sujet avait semblé si inoffensif, de l'ordre du bavardage – et pourtant il avait circonscrit chacun de nous dans un royaume privé, comme si nous nous étions mis d'accord sur le fait qu'il n'y avait rien à ajouter.

Parlons d'autre chose, vous voulez bien ? Jana nous sourit comme pour nous assurer que rien n'avait changé. Peu après, Adriaan regarda son téléphone et dit que nous devrions y aller, qu'il allait commander un taxi. Je lui demandai machinalement s'il n'était pas venu en voiture et il secoua la tête. Un peu plus tard, son téléphone bipa. Le taxi était arrivé et on se leva de table. Jana nous suivit jusqu'à la porte, puis nous rappela qu'elle avait un vernissage dans quelques semaines, elle espérait que nous viendrions. J'acquiesçai et elle me serra brièvement dans ses bras avant de dire qu'elle avait hâte de nous y voir.

*

Installés à l'arrière du taxi, Adriaan me prit la main et dit, Je vais partir une semaine, peut-être plus.

Pour le travail ? demandai-je. Je parlais d'une voix neutre, j'étais fatiguée après la nuit que j'avais passée et ce dîner qui n'avait pas été de tout repos. J'étais déçue par ce que venait d'annoncer Adriaan, mais j'avais l'esprit ailleurs, préoccupée par ces histoires de violence, à la Cour et dans les rues. Elles changeaient la tonalité de la ville que je voyais par la vitre de la voiture, je songeai à Anton de Rijk qui avait parcouru ces mêmes artères récemment. Adriaan se tut un instant, puis se racla la gorge et dit, Non, je vais à Lisbonne voir Gaby et les enfants. Il garda ma main dans la sienne un moment et ajouta doucement : Je vais demander le divorce.

Je me tournai pour lui faire face. Dans le noir, ses traits paraissaient hésitants, puis adoucis par la tristesse. Je fus déstabilisée, l'écart entre mon exaltation – parce que c'était bien de l'exaltation que j'avais éprouvée en entendant ses mots, une exaltation spontanée et incontrôlable qui palpitait à travers tout mon corps – et son chagrin manifeste était accablant. Je me demandai s'il s'était résolu à cette décision à contrecœur, une disposition prise après des mois d'espoir déçus et d'hésitation, un débat interne qu'il m'avait caché. Il parut percevoir mon incertitude et sourit. Ça ne m'enchante pas, dit-il, mais il faut qu'on discute de certaines choses, de choses qu'on ne peut pas aborder au téléphone ou par mail, et il faut donc le faire de vive voix.

Je hochai la tête, lui demandai seulement quand il partait. Demain, dit-il. J'ai décidé ce voyage il y a quelques jours. Je décolle tôt, je quitterai l'appartement à cinq heures du matin. Tu as réservé un taxi ? Il ne prêta pas attention à la question et me reprit la main. Je me disais que tu aimerais peut-être rester dans l'appartement pendant mon absence. Cela te fera moins de trajet le matin et ça me rendrait heureux de t'imaginer y vivre. Il fit une pause. Je n'aime pas te quitter. On ne se connaît pas depuis très longtemps, mais je veux savoir que tu seras là quand je rentrerai.

J'y serai, répondis-je. Il prit mes deux mains et les embrassa. Sur le moment, il ne me vint pas à l'esprit de me demander pourquoi il avait besoin de cette promesse, ni pourquoi un voyage d'une semaine entraînait de telles déclarations d'intention. Bien, murmura-t-il, et je vis qu'il était soulagé, le sujet désormais réglé dans son esprit. Nous roulâmes en silence jusqu'à chez lui et, arrivés dans l'appartement, il demanda une fois de plus, Alors tu vas rester ? J'acquiesçai. Il eut de nouveau l'air soulagé. Il me dit qu'il me laisserait les clés. Ce n'est que pour une semaine voire un peu plus, répéta-t-il, et je pensais qu'il essayait de nous rassurer tous les deux.

Il tint parole sur ce point, il partit effectivement tôt le lendemain matin. Je me réveillai quelques heures plus tard dans le lit trop grand. C'était la première fois que j'étais seule dans l'appartement. Je me levai et sortis de la chambre. Derrière les portes du couloir, il n'y avait que le silence. Je m'interrogeai brièvement : et si Adriaan avait changé d'avis, s'il ne m'avait pas laissé la clé, revenant sur sa proposition intentionnellement ou par oubli ? Mais il n'en était rien, et dès que j'entrai dans la cuisine, je vis le jeu de clés posé sur le comptoir accompagné d'un petit mot qui disait *Je t'imaginerai ici pendant que je serai loin.*

Debout dans la cuisine, je lus le mot deux fois. Je pris les clés, éprouvai un frisson de plaisir. Je décidai de me faire un café avec la machine ridicule, je fouillai dans les placards, trouvai une tasse, versai du lait et ajoutai de l'eau. La machine se mit à moudre et ronronner, puis cracha du café et du lait. Je m'assis au comptoir et but mon café, je m'aperçus combien l'appartement était coupé de l'animation extérieure par le miracle d'un double vitrage et d'une bonne isolation. Maintenant que j'étais seule, ce silence prenait un autre sens, désolé et presque pesant. Soudain gagnée par l'agitation, je posai ma tasse. J'avais un jeu de clés, je pouvais aller et venir comme je voulais, on m'avait dit de considérer l'endroit comme si c'était chez moi.

Je m'habillai et me rendis au bout de la rue, le quartier était bien desservi par les transports publics et en quelques minutes j'étais dans un tram en direction de la vieille ville. J'avais souvent pris le tram, bien sûr, mais d'une certaine façon ce trajet me parut imperceptiblement différent, la ville se métamorphosait sous mes yeux à intervalles réguliers et, cette fois, j'éprouvai un attachement que j'avais cherché sans jamais le trouver, comme si une ancre avait été jetée. Je descendis à proximité du Mauritshuis et restai un instant immobile dans la cohue des piétons et des touristes. J'empruntai une rue au hasard et m'aperçus que cela faisait un moment que je ne m'étais pas promenée en ville de cette façon, en ayant du temps libre et la liberté.

Je marchais depuis quelque temps quand je passai devant une librairie avec des volumes reliés cuir en vitrine. Je me souvins d'un coup des mots de Jana, *C'est un marchand de livres anciens, il s'appelle Anton de Rijk, il a une boutique qui marche très bien dans la vieille ville.* Cédant à l'élan, je fis demi-tour et entrai, les librairies n'étaient pas si nombreuses dans la vieille ville et il y avait au moins une petite chance que celle-ci soit la bonne. Une jeune femme leva les yeux et un sourire vague, mais pas inamical, passa sur ses lèvres, je lui adressai un signe de tête et fis semblant d'examiner les rayonnages. Malgré l'attention avec laquelle je lisais les titres des ouvrages et l'absence d'autres clients – je commençai à craindre que les affaires ne marchent pas aussi bien que Jana le croyait – la jeune femme ne vint pas à ma rencontre ni ne me parla.

J'allai finalement au comptoir, les yeux toujours tournés vers les étagères, et elle demanda si elle pouvait me renseigner. Je secouai la tête, dis que je ne faisais que regarder et lui demandai si elle était la propriétaire de la boutique. Elle rit, un bruit sonore et indiscret. Loin de là, dit-elle en souriant. Je lui demandai depuis combien de temps elle travaillait ici. Trois ans, dit-elle. Ce n'était pas un mauvais boulot, c'était plutôt intéressant et les clients étaient hauts en couleur – les livres anciens attiraient un genre de clientèle bien particulier, même s'ils ne vendaient pas que de l'ancien, mais toutes sortes de choses. Comme elle se tut et que je souhaitais prolonger la conversation, je dis que je cherchais une histoire de la ville, un ouvrage qui pourrait faire un beau cadeau.

Elle se leva et sortit plusieurs volumes qu'elle ouvrit pour me montrer de magnifiques cartes et des pages à déplier, et pendant que je les examinais, elle précisa que les prix allaient de cent euros à des sommes beaucoup plus élevées. Je lui demandai quand ils avaient été publiés et elle répondit que la plupart dataient du XIXe siècle. Je caressai la reliure en maroquin, c'étaient de très beaux objets, et même si cela représentait plus d'argent que je ne pouvais en dépenser, j'annonçai à la femme que j'en achèterais un, pensant l'offrir à Adriaan.

Tandis qu'elle enregistrait la vente, je lui demandai qui était le propriétaire. Elle sembla surprise par la question et je dis que si je posais la question, c'était simplement parce que je trouvais que la boutique avait beaucoup de personnalité. Une remarque inepte, mais pas totalement fausse car on sentait sa patte dans le magasin. Elle expliqua que le propriétaire s'appelait Anton de Rijk. Dans la foulée, je voulus savoir s'il venait souvent et elle dit qu'en temps normal, oui, mais que malheureusement il était retenu ailleurs ces jours-ci et elle ne savait pas quand il reviendrait. J'avais l'impression qu'elle était mal à l'aise, mais je ne pus m'empêcher de lui demander, Rien de grave, j'espère ? Après une pause, elle secoua la tête, Non non, je n'avais qu'à repasser dans une semaine ou deux si je voulais le voir. Une semaine ou deux, répéta-t-elle, ou peut-être trois. Elle me tendit brusquement le livre emballé. Je le pris et la remerciai de son aide.

Je quittai la librairie le paquet sous le bras. Je savais à peine pourquoi j'étais entrée, ou pourquoi j'avais posé tant de questions au sujet de De Rijk. *Une semaine ou deux*, avait-elle dit, *ou peut-être trois.* J'avais été obscurément soulagée de l'entendre. De retour à l'appartement, je déballai le livre et le tins entre mes mains, c'était étrange de le voir là, dans cette pièce. Je le posai sur la table basse, le repris et le mis sur la bibliothèque du salon. Je finis par m'apercevoir que ça ne convenait pas, il détonnait, avait l'air d'un corps étranger avec sa reliure ornée et ses bords usés. En vérité, j'ignorais pour qui il était. Je m'assis sur le canapé. Adriaan me manquait et pendant un instant j'eus l'impression d'être échouée dans ce gigantesque appartement, comme si j'avais été abandonnée.

Je dormis mal et à mon réveil le lendemain, le week-end était fini et il était plus tard que d'habitude. Je ne pouvais pas retourner chez moi me changer, alors je me douchai et remis les mêmes vêtements pour le troisième jour d'affilée. Sur un coup de tête, j'ouvris la porte d'une des penderies de la chambre, qui abritait une vaste panoplie de chemises repassées et de costumes, plus vaste que ce qu'un homme pourrait raisonnablement porter. Cet excès et l'attention avec laquelle les chemises étaient rangées furent une révélation. Je savais qu'une bonne venait régulièrement, pas une femme de ménage, mais bien une bonne qui faisait les courses et remplissait les placards quand ils étaient vides, qui récupérait sans doute les vêtements au pressing et plaçait les chemises dans la penderie après avoir retiré l'enveloppe plastique. J'avais croisé cette femme un jour, devant l'appartement, et à la façon dont elle m'avait à la fois ignorée et inspectée, je savais qu'elle avait commencé à travailler pour la famille longtemps avant le départ de Gaby.

Je quittai l'appartement sans ranger – quel jour venait la bonne ? Adriaan ne l'avait pas précisé dans son mot –, fermai la porte derrière moi et glissai la clé dans mon sac avec précaution. Je montai dans le bus au coin de la rue, qui parvint rapidement en bord de mer et longea les dunes en direction de la Cour. Environ dix minutes plus tard, il passa devant le Centre de Détention où je m'étais trouvée trois nuits auparavant. Au cours des derniers mois depuis mon arrivée à la Cour, l'existence du Centre de Détention n'avait fait que m'effleurer, je ne l'avais jamais envisagé dans le contexte ou la géographie de cette ville. Il était resté aussi abstrait que les photos sur les panneaux d'information dans le hall de la Cour, des clichés qui échouaient à communiquer la brutalité de l'endroit où j'avais pénétré pour la première fois l'autre nuit – une enceinte plongée dans l'obscurité, tout à l'opposé du bâtiment transparent et inondé de lumière de la Cour, une construction définie par sa densité.

En journée, le Centre de Détention était moins sinistre qu'il m'était apparu la nuit, et sa présence en bordure de route avait quelque chose de presque neutre. Le bus ne s'y arrêta pas et je ne fis qu'apercevoir le mur ainsi que la silhouette du bâtiment à travers la vitre. Ce n'était qu'une construction parmi tant d'autres dans le paysage où l'on vit, de celles qu'on ne remarque pas vraiment et dont on ne sait à quoi elles servent. Il y a des prisons et des lieux bien pires tout autour de nous, à New York il y avait une prison secrète au-dessus d'une aire de restauration très animée, ses fenêtres obscurcies et les pièces insonorisées pour que les cris ne parviennent pas aux gens en train de manger en dessous. Les clients avalaient leurs sandwichs et sirotaient leurs cappuccinos sans avoir la moindre idée de ce qui se tramait juste au-dessus de leur tête, sans avoir la moindre idée du monde dans lequel ils vivaient.

Mais personne n'est vraiment capable de voir le monde tel qu'il est – ce monde qui habite cette contradiction entre sa banalité (le mur trapu du Centre de Détention, le bus qui suit son trajet ordinaire) et son extrémité (la cellule et l'homme dans la cellule), on ne le voit que brièvement, si même on le voit, avant qu'il ne disparaisse pour longtemps. La facilité avec laquelle on oublie ce dont on a été témoin est fascinante, l'image abominable ou la voix qui dit l'indicible, car pour exister dans le monde il nous faut effectivement oublier, nous vivons dans un état où nous savons sans savoir.

C'est pour ça que j'étais capable de revoir le Centre de Détention de jour et, quelques instants plus tard, de descendre du bus pour rejoindre la Cour, saluer les agents de sécurité comme à mon habitude, exactement comme si rien n'avait changé. Je n'avais aucun mal à me faufiler dans la foule des corps qui franchissaient les contrôles, qui montraient leur badge et passaient les détecteurs de métaux, aucun mal à traverser la cour et à entrer dans le bâtiment lui-même.

Alors que j'approchais de l'entrée, je vis Amina près de la porte qui me faisait signe, et presque avant que j'arrive à son niveau, comme si elle avait attendu que je sois à portée de voix, elle dit, Ils te transfèrent à la Chambre I. Je la regardai, surprise. C'est toi qui vas me remplacer quand je serai en congé maternité. Elle me prit le bras et le serra doucement. C'est une bonne nouvelle, non ? demandai-je. Elle acquiesça, Oui, c'est très bon signe, et je serrai sa main dans la mienne en retour. Viens, dit-elle. Et nous entrâmes ensemble dans le bâtiment.

8

Dans l'ascenseur, Amina s'adossa à la paroi et reprit son souffle. Ces jours-ci, elle s'essoufflait facilement, le bébé poussant contre ses poumons. Elle me regarda et dit que sa mère était censée arriver bientôt du Sénégal, qu'elle-même partirait en congé maternité dans quelques semaines. En route vers la cabine après être sorties de l'ascenseur, elle me demanda si j'étais au fait de l'affaire et j'acquiesçai, les détails étant bien connus du personnel de la Cour. Le procès avait débuté plusieurs mois plus tôt et était d'une importance capitale. Pour la première fois un ancien chef d'État était présenté à la Cour, ce qui avait suscité un tollé considérable au sein de la presse internationale.

Et bien sûr il y avait la question des manifestants qui se réunissaient devant la Cour depuis des mois en soutien à l'accusé, distribuant des tracts et brandissant des pancartes. Alors que nous prenions place, Amina me dit que je travaillerais en cabine avec elle cette semaine pour me familiariser avec la situation. Elle me tendit un dossier. Il ne devrait pas y avoir de problème de compréhension, dit-elle, ils s'expriment de manière parfaitement claire pour l'instant. D'un mouvement de tête, elle désigna le dossier désormais posé sur le bureau devant moi et je l'ouvris. D'après le résumé, la situation avait rapidement basculé sur une période assez courte de quatre à cinq mois, après une élection serrée. La commission électorale nationale et les observateurs extérieurs donnèrent la victoire à l'opposition. Le président sortant refusa le résultat même si la Constitution spécifiait qu'on ne pouvait pas rester à la tête du pays plus de dix ans, un mandat qu'il avait déjà effectué. À la suite de quoi il se lança dans un comptage fantaisiste, annulant les suffrages dans les circonscriptions où son adversaire était donné gagnant, ordonna à l'armée de fermer les frontières et expulsa les médias étrangers.

Ensuite, l'accusé – je me mis à lire en diagonale, gardant un œil sur les représentants de la Cour qui entraient dans la salle d'audience en contrebas, la séance commencerait bientôt – forma une armée de mercenaires et procéda à un nettoyage ethnique qui entraîna la création d'escadrons de la mort et de charniers. L'ONU envoya des troupes de maintien de la paix, l'Union africaine exigea que l'accusé se retire, mais il ne manifesta pas le moindre repentir. Son opposant se vengea, une guerre civile éclata. En conséquence des frappes aériennes menées conjointement par les Français et les Nations unies, les forces d'opposition et l'ONU capturèrent l'accusé qui fut placé en résidence surveillée. Cela eut lieu environ cinq mois après l'élection contestée. Sans la présence des troupes de maintien de la paix, on suppose que l'accusé aurait été exécuté, mais l'ONU insista avec force pour qu'il soit jugé devant un tribunal international, et après plusieurs années à attendre que se tienne son procès, il était enfin là.

Je refermai le dossier et le repoussai sur le côté. En dessous se trouvait une grande photo de l'ancien président. Il regardait au loin, un bras levé et la bouche ouverte comme en plein discours. On voyait des gens derrière lui, leurs silhouettes floutées si bien qu'ils formaient des points de couleur plutôt que des figures distinctes, peut-être s'exprimait-il à un meeting précédant l'élection de quelques jours. Il portait un costume-cravate coûteux et même sur cette photo son corps était raidi par l'énergie et la tension. À l'arrière-plan, je discernais de grandes affiches et des bannières.

Amina désigna la galerie publique située elle aussi en mezzanine, adjacente aux cabines d'interprétation. Elle était pleine de monde. Les soutiens de l'ancien président, expliqua Amina. Au deuxième rang, je vis l'homme qui m'avait donné le tract devant la Cour. Il parlait avec plusieurs autres personnes, l'expression sur son visage toujours aussi vulnérable, un vrai maelström d'émotions, et je me rappelai le message de l'ancien président à ses supporters alors qu'il montait dans l'avion pour La Haye. *Ne pleurez pas, soyez forts* – un slogan qui s'était aussitôt retrouvé en une des journaux, et que ses soutiens se murmuraient peut-être encore à l'instant même dans la galerie publique.

Les médias sont là, aujourd'hui, continua Amina, il y a un nouvel avocat de la défense et apparemment c'est quelqu'un d'important. Elle eut un mouvement de tête en direction du groupe qui occupait une section de la galerie publique. Ce procès a tout du spectacle, murmura-t-elle, encore plus que d'habitude, je dirais. Des cabines, nous pouvions observer la salle en contrebas, l'accusation d'un côté et la défense de l'autre, les juges devant, la barre des témoins derrière. La plupart des personnes présentes semblaient occupées à des affaires urgentes, derrière un écran d'ordinateur ou feuilletant les pages de gros classeurs. Je jetai un coup d'œil à Amina, mais elle se concentrait désormais sur ses notes, elle m'avait dit dans l'ascenseur qu'elle ferait le gros de l'interprétariat ce jour-là pour me laisser le temps de m'acclimater.

Je baissai à nouveau les yeux, il y avait du mouvement en bas, et je vis que les avocats de la défense étaient arrivés, revendiquant le côté gauche de la salle d'audience. Ils avaient revêtu leur robe, affichant une attitude plutôt circonspecte alors qu'ils hochaient la tête en direction de leurs associés juniors. J'observai les trois hommes, quelque chose chez eux me troublait, je les regardai poser leurs papiers, converser avec les assistants qui papillonnaient autour d'eux. Il me fallut un moment avant de m'apercevoir avec horreur que l'un des trois hommes était Kees, l'homme de la fête, l'ami de Gaby.

Je me carrai aussitôt dans mon fauteuil de peur qu'il me voie dans la cabine même s'il y avait peu de chances pour que cela arrive. Le temps d'une fraction de seconde, je me demandai si je m'étais trompée ; je me souvenais bien qu'Adriaan avait dit qu'il était avocat de la défense, *un des meilleurs du pays*, mais sa présence paraissait trop invraisemblable. Je baissai les yeux vers les cheveux lustrés de l'homme, aussi bien coiffés qu'à cette soirée. D'un côté, je ne parvenais pas à concilier l'homme en robe avec celui que j'avais rencontré ce soir-là, et de l'autre, je me disais qu'il devait forcément s'agir de la même personne, mais le contexte rendait la chose incompréhensible.

Lui-même n'avait pas changé, je le regardai faire les mêmes mouvements ridicules, passer la main dans ses cheveux, tous ces gestes impérieux.

Dans ce contexte, bizarrement, ils acquéraient une certaine gravité, les associés juniors ainsi que les autres avocats hochant la tête en réponse au battement ostentatoire de ses mains, sans une trace d'ironie ou de dérision. Quand Adriaan m'avait dit qu'il était avocat de la défense, je m'étais imaginé qu'il représentait des délinquants en col blanc, des gens accusés de fraude fiscale ou de malversations, uniquement parce qu'il avait l'air d'un homme très mesquin. Bien sûr, je savais qu'il pouvait tout aussi bien s'occuper de gens accusés de meurtre ou de vol, de l'agresseur d'Anton de Rijk, par exemple – des crimes d'une nature plus grave, des crimes qui, même isolés, ne seraient jamais qualifiés de banals.

Mais qu'il soit avocat de la défense pour des crimes à cette échelle, des crimes d'une portée historique, qu'il apparaisse ici dans cette salle d'audience – c'était beaucoup trop incongru, il ne semblait pas posséder l'esprit de sérieux nécessaire pour aborder de tels sujets, encore moins la concentration pour plaider avec efficacité. J'imaginais sans mal qu'un homme puisse être à la fois vain et rusé tout en étant un avocat ou un politicien brillant – un grand nombre d'hommes et de femmes jouissaient d'une bonne réputation tout en se conduisant de manière très répréhensible en privé –, mais je n'arrivais pas à croire que les gens de la Cour le prennent au sérieux, il semblait extraordinaire qu'ils veuillent lui faire confiance dans cette affaire des plus cruciales, lui dont les bases étaient si peu solides.

Et pourtant, alors que j'observais la scène en contrebas, je vis que son autorité n'était pas des moindres au sein de l'équipe, on l'écoutait avec attention voire enthousiasme quand il donnait ses directives, ses collaborateurs semblaient suspendus à ses lèvres, il paraissait évident qu'il n'était pas seulement respecté, mais admiré et même craint. De l'autre côté, l'accusation le regardait avec méfiance, je l'imaginais bien avoir la réputation d'être impitoyable et fourbe, et je me demandai si c'était pour cette raison qu'Adriaan l'avait salué avec autant de méfiance, à cause de son savoir-faire en matière de tromperie.

Je trouvai étrange qu'Adriaan n'ait pas mentionné qu'il y avait une chance pour que Kees soit à la Cour à un moment donné, et il me vint à l'esprit qu'Adriaan savait très peu de choses sur ce que je faisais et ne se représentait pas vraiment les aspects de ma vie dans lesquels il n'était pas impliqué. En fait, Kees comprendrait bien mieux mon quotidien ; si, lors de cette soirée, j'avais dit que je travaillais à la Cour, nous aurions sûrement eu une conversation fort différente, je l'aurais trouvé intelligent et informé, très au fait du monde dans lequel je venais d'entrer. J'aurais peut-être été plus sensible à ses avances, j'aurais peut-être pris son numéro ou serais peut-être même repartie avec lui plutôt qu'avec Adriaan.

Cette idée me troubla – que nos identités puissent être si changeantes, et au-delà, nos vies. Alors que je poursuivais mon observation à travers la vitre, cette version alternative des événements sembla prendre forme, emplir l'air qui nous séparait. Soudain, Kees se redressa et se tourna vers la porte latérale du prétoire, son visage s'élargissant pour afficher le même sourire de loup qui m'avait tant marquée à la fête. Il écarta les bras en guise de salut, je tendis le cou et vis que l'ancien président était entré. Il avait la mine reposée et il était bien habillé, vêtu d'un costume bleu foncé comme ceux qu'il devait porter quand il était encore en fonction, comme celui qu'il portait sur la photo. Je me demandai brièvement comment il se l'était procuré, si son équipe juridique s'en était occupée, s'il était de confection ou s'ils avaient fait venir un tailleur au Centre de Détention en pleine nuit comme moi quelques jours plus tôt. Il adoptait une attitude calme et même soumise, mais j'étais sûre qu'il avait conscience que l'énergie de la Cour était dirigée vers lui, vers le trou noir de sa personnalité.

Kees se tenait encore devant lui les bras très écartés, même s'il commençait à se relâcher, l'ancien président l'ayant laissé en plan. L'incertitude passa sur son visage et j'éprouvai un élan soudain de compassion. L'ancien président acquiesça, avec un comportement formel et distant. Kees put reprendre ses grands airs et serra l'homme dans ses bras avec enthousiasme comme s'ils étaient de vieux amis. L'ancien président résista à cet assaut d'affection. Malgré cela, Kees le dirigea vers son siège, gardant une main sur son épaule. Je notai qu'il s'acharnait à maintenir un contact physique avec l'ancien président, et pensai qu'au-delà de l'égotisme, le geste visait à affirmer que l'accusé était un homme comme les autres, un homme qui pouvait exister à l'intérieur d'une société civile, qui avait des amis ainsi qu'une famille, et que nous n'avions pas besoin de nous protéger de lui.

Comme pour montrer qu'il n'avait pas peur. Je me demandai si c'était le cas, si c'était possible. Kees m'était apparu comme quelqu'un d'extravagant, mais fondamentalement ordinaire, doté des préjugés et des présomptions d'une personne ordinaire. S'il était vrai que Kees ne craignait pas du tout l'ancien président, même en connaissant sur le bout des doigts ou presque les crimes pour lesquels l'accusé était mis en examen, alors c'était qu'il sortait de l'ordinaire pour devenir un homme armé d'un courage considérable, à moins qu'il souffre de dissonance cognitive. Pendant que je les observais, l'ancien président acquiesça et Kees continua de parler, produisant ce qui devait être un flux logorrhéique. J'essayais de deviner de quoi il pouvait bien lui parler, d'un point technique peut-être. Je me dis ensuite que ce n'étaient pas les mots qui comptaient, mais la pantomime, le théâtre ; par le biais de cette petite performance, Kees normalisait l'accusé aux yeux de la Cour, face aux caméras et devant le monde entier.

C'est le nouvel avocat, dit Amina à voix basse. En dessous, l'ancien président leva soudain les mains comme pour dire, Ça suffit. Kees recula aussitôt. Il avait clairement été chassé. Kees était au service de l'ancien président comme beaucoup d'autres avant lui. À présent, ce cercle était réduit aux individus réunis autour de l'accusé dans la salle d'audience, Kees faisant partie des derniers arrivés. Je songeai qu'il serait sage pour lui de rester prudent car, au cours de leur bref échange, j'avais remarqué la forte versatilité qui animait l'ancien président et participait sans aucun doute à son pouvoir de domination et d'intimidation. L'ancien président ajusta son nœud de cravate, l'expression à la fois pompeuse et renfrognée. Kees retourna à sa place derrière la table, et un instant plus tard, les portes du prétoire s'ouvraient, laissant entrer les juges.

Mesdames, messieurs, la Cour. L'audience est ouverte. Kees se mit debout avec les autres, leva le menton et plissa les yeux, une fois de plus, il sembla bomber le torse sous sa robe. À côté de moi, Amina avait commencé l'interprétariat, les bras sur le bureau devant elle, un stylo entre les doigts. Elle avait l'air très calme, presque placide. *Vous pouvez vous asseoir.* Avec soin, Amina retira une bouloche sur la manche de sa chemise tout en reprenant les mots de la juge. *Je cède immédiatement la parole au témoin.*

Un homme corpulent d'âge moyen entra dans le prétoire et se présenta à la barre. Il s'assit sur la chaise avec précaution, affichant une expression entre sournoiserie et apitoiement. *Veuillez vous lever, s'il vous plaît. Oui... veuillez vous lever, s'il vous plaît, et décliner votre date de naissance et votre profession.* L'homme se mit difficilement debout. L'ancien président ajusta de nouveau sa cravate, je me demandai si c'était un tic nerveux plutôt qu'un geste d'intimidation, je croyais détecter une lueur d'appréhension dans son regard. Ou peut-être était-ce de l'excitation. *Merci. Veuillez vous asseoir. Oui, merci, allez-y.* Amina fit une pause. Le témoin se pencha vers le micro et regarda la juge.

Bonjour, madame. Amina parlait lentement, articulant bien chaque syllabe. Je voyais qu'elle écoutait le témoin, s'adaptant à sa façon de s'exprimer. *Merci de me donner la parole. Je vais essayer de répondre à vos questions du mieux que je le pourrai, j'aimerais être utile.* Amina avait pris de la vitesse et parlait rapidement, s'arrêtant à l'occasion pour souffler. *Avant que nous ne revenions aux questions de l'accusation, puis-je dire quelques mots ?* Le front d'Amina se plissa. La juge acquiesça d'un air las. *Cette mise en scène est inutile. Cela fait presque cinq ans que mon collègue et ami a été arraché à son pays et amené ici sous de faux prétextes. Ce jeu du chat et de la souris ne peut que desservir la réputation de la Cour. Chez nous, l'affaire est tout bonnement considérée comme un enlèvement politique.* Il secoua la tête. *Chez nous, les gens disent, Mais pourquoi n'arrêtent-ils pas le président actuel, ce président pourtant illégitime ?*

Les hommes et les femmes qui se trouvaient dans la galerie publique se mirent à l'acclamer, leurs voix assez fortes pour être entendues malgré la barrière de verre. Une femme leva le poing, puis applaudit, et bientôt une section entière de la galerie l'imita. Je vis l'attention des journalistes pivoter vers les soutiens de l'ancien président, la scène ferait une bonne histoire. Les policiers en faction dans ces allées semblaient impuissants à arrêter ou même contenir ce désordre indescriptible. En bas, l'ancien président souriait en levant une main en direction de ses supporters.

Silence. Je demande le silence.

La juge secoua la tête.

S'il vous plaît, contrôlez vos partisans.

Le regard de l'ancien président restait fixé sur la galerie publique. Pour la première fois depuis son entrée en salle d'audience, son visage était ouvert, presque vulnérable – on n'y lisait pas une once de triomphe, de subterfuge ou de stratégie. Il était clairement ému de voir combien perdurait sa popularité. *Je dois vous demander de contrôler vos partisans ou ils n'auront plus accès à la galerie. J'insiste une fois de plus.* Lentement, à contrecœur, il leva les deux mains et fit signe à ses supporters de s'asseoir. Ils se turent immédiatement, se laissant tomber avec obéissance dans leur siège, les yeux rivés sur leur ancien président. Il acquiesça pour lui-même.

La juge le regarda derrière ses lunettes, l'expression sévère. *Puis-je vous rappeler que l'on attend des visiteurs le respect de certaines règles de bienséance. En cas de non-respect, ces personnes seront évacuées sur-le-champ de la Cour et n'y auront plus accès.* L'ancien président la dévisagea sans ciller. Au bout d'un moment, elle reprit et s'adressa au témoin. *Quant à vous, monsieur, je vous demande de vous contenter de répondre aux questions de l'accusation. Nous sommes déjà en retard.* Le témoin acquiesça, et alors que l'accusation l'interrogeait, la salle sembla se vider de son énergie.

Au cours des quatre-vingt-dix minutes suivantes, l'accusation posa des questions à la fois tortueuses et techniques à l'extrême, ce qui eut le don d'exaspérer et d'épuiser l'accusation autant que le témoin. Les juges intervinrent à plusieurs reprises surtout pour inciter les parties à formuler leurs questions et leurs réponses de manière plus succincte, manifestement très préoccupés par le retard accumulé. Je pris le relais pour la seconde moitié de l'audience. J'étais plus nerveuse que d'habitude, non seulement à cause des enjeux de ce procès où une erreur pourrait avoir de graves conséquences, mais aussi parce que j'avais peur que Kees reconnaisse ma voix, même si cela paraissait peu probable – je me répétais que nous ne nous étions rencontrés qu'une fois et avions à peine discuté.

Toutefois, quand je me penchai et parlai dans le micro, ma voix trembla de manière audible, si bien que plusieurs membres de la Cour levèrent les yeux, surpris. Je sentais Amina tendue à côté de moi. Je retrouvai rapidement mon assurance, au plus grand soulagement de tous ou au moins à celui d'Amina qui me serra la main pour me rassurer. Kees ne réagit pas au son de ma voix, pas même au chevrotement du début. Je me sentis néanmoins délivrée d'un poids quand l'audience arriva à son terme et que la juge se leva.

Dans la foulée ou presque, la pièce se mit en branle lentement. L'attention qui s'était jusque-là concentrée sur le témoin et l'accusation était à présent atomisée, dispersée dans la salle. Même avant que les trois juges ne sortent, les gens se baissaient pour ramasser leurs papiers et discutaient ensemble. L'ancien président se tint sur le seuil, accompagné d'un agent comme s'il attendait quelque chose, que quelqu'un vienne lui parler, peut-être. Je cherchai Kees, et constatai avec étonnement que ses collègues et lui hâtaient le pas vers la sortie.

Je me tournai vers l'ancien président. Son expression alors qu'il regardait son avocat disparaître était on ne peut plus perplexe. Il leva les yeux vers la galerie qui se vidait elle aussi. Ses traits se contractèrent. L'agent se pencha vers lui et hocha la tête. Épaules tombantes, il parut soudain beaucoup plus vieux, et je m'aperçus que cela avait dû lui demander beaucoup d'efforts de se tenir toujours si droit face à la Cour, de garder une allure présidentielle afin de canaliser le charisme qui lui restait, puisque, contrairement à la croyance populaire, le charisme n'est pas inné, mais doit sans cesse être renforcé. La performance de l'ancien président – car c'était bien de cela qu'il s'agissait – l'avait éreinté, et maintenant il sortait tête basse.

Amina me regarda. Bien joué, dit-elle. Elle sourit chaleureusement. Je vais me chercher une tasse de thé à la cafétéria. En se levant, elle plaqua les mains au bas de son dos et grimaça. Je lui demandai si elle allait bien et dis que je l'accompagnerais, j'avais besoin d'un café. Ça s'est plutôt bien passé, continua-t-elle pendant qu'on descendait, malgré l'interruption des gens dans la galerie. Il y a toujours un truc. Le hall était rempli de groupes scolaires et de visiteurs, et tandis que nous cheminions entre eux, je racontai à Amina que j'avais déjà rencontré le nouvel avocat de la défense. Elle se tourna vers moi, inquiète. Où ça ? Ici ? On rejoignit la file d'attente à la cafétéria et je dis, Non. Dans une fête, par hasard. Ah, dit-elle. Donc ce n'est pas comme si vous fréquentiez le même cercle. Ça poserait un problème ? demandai-je. Elle marqua un temps. Non, je ne crois pas. Mais prends garde. Il a la réputation d'être bon dans ce qu'il fait. Arrivée sur le devant de la file, elle dit, Je t'invite. Tu prends quoi ?

9

Quelques jours plus tard, on m'appela pour une réunion avec la défense. C'était un vendredi, l'un de ces jours où il n'y a pas d'audience à la Cour. J'étais au bureau avec Amina lorsque l'assistante de Bettina se précipita vers nous, l'air consterné, et je voulus savoir s'il s'était passé quelque chose. Rien de grave, dit-elle, ne t'inquiète pas. Simplement la défense a besoin d'une interprète et ils t'ont demandée toi. J'étais surprise. Pourquoi ? demandai-je. Pourquoi moi ? Elle secoua la tête, elle n'en savait rien, mais Bettina lui avait dit d'accéder à leur requête. Quand ? demandai-je. Maintenant, répondit-elle, il faut que tu y ailles maintenant.

Je récupérai mes affaires et enfilai mon manteau. Cela faisait une semaine qu'Adriaan était parti, une semaine que j'étais seule dans l'appartement. J'y retournais chaque soir, montais l'escalier jusqu'au premier étage, glissais la clé dans la serrure, ouvrais la porte. Et chaque fois que j'entrais et accrochais mon manteau, j'éprouvais une joie si palpitante que cela m'effrayait. Je n'étais passée chez moi qu'une fois pour prendre un sac de vêtements que j'avais rapporté chez Adriaan. Je comprenais vaguement que je pourrais être heureuse dans cet endroit, en mettant de côté certains problèmes comme la photo de Gaby encore sur l'étagère, par exemple.

Quant à Adriaan, il m'envoya un message le lendemain de son départ pour savoir si j'étais à l'appartement et si tout allait bien. Je lui répondis que oui, j'y étais très heureuse. Il me dit en retour qu'il était content et qu'il faisait chaud à Lisbonne. J'imaginai aussitôt Adriaan avec les enfants et Gaby, son téléphone vibrant à la réception de mon texto, je me le représentai regardant discrètement l'écran, assis à la terrasse d'un café. Gaby se tournait à moitié pour demander, C'est qui ? Cette simple idée me fit me sentir honteuse. Cela ne m'empêcha pas d'attendre les messages, sms et mails qui arrivèrent ensuite, détaillant tel ou tel événement, ou exprimant l'ardeur de ses sentiments pour moi. Ces petites missives m'ancraient à l'appartement, même s'il est vrai que je me demandais pourquoi il ne m'appelait jamais.

Il ne mentionnait pas non plus de date de retour, *Ce ne sera que pour une semaine ou peut-être un peu plus.* La semaine était passée. Je quittai la Cour, me dirigeai sous la pluie vers l'arrêt de bus le plus proche et me rendis au Centre de Détention où je laissai mon sac au gardien et l'on m'emmena dans une salle de réunion. Je montai un escalier à la suite d'une autre gardienne et empruntai un couloir, la femme s'arrêta au niveau d'une porte en métal, hocha la tête en direction du gardien assis devant. Il se leva et toqua à la porte. Oui, dit une voix presque dans la foulée, et le gardien m'ouvrit en me faisant signe d'entrer.

Je fus accueillie par une scène qui avait le formalisme d'un tableau de la Renaissance. Plusieurs hommes étaient assis à une table de réunion couverte de papiers tandis que l'ancien président se tenait sur un côté. Il me braqua du regard alors que j'étais sur le seuil. Toute l'équipe juridique semblait présente, ou du moins une bonne partie, dont Kees qui m'observa pendant que j'entrais et dont l'expression ne révéla rien, pas une once de familiarité. Une caméra de surveillance était suspendue dans un coin, l'œil luisant enregistrant tout. Derrière moi, la porte se referma d'un coup.

Après un long moment durant lequel je me demandai si on m'avait appelée par accident puisqu'il semblait clair que les gens réunis dans cette pièce n'avaient pas vraiment besoin de mes services, investis comme ils l'étaient déjà dans les audiences, l'ancien président prit la parole.

Merci d'être venue, dit-il en français. Je vis l'un des hommes assis à la table lever les yeux vers Kees à l'autre bout de la pièce par rapport à l'ancien président. Un des avocats se racla la gorge et m'indiqua une chaise. Il me versa un verre d'eau, et à l'instant où je tendis la main pour le prendre, je me sentis rougir. Je bus une gorgée. En reposant le verre, je remarquai que Kees me dévisageait toujours. Son expression était neutre et je détournai la tête.

L'ancien président s'approcha lentement et s'assit sur la chaise à côté de moi. Il portait un polo, un pantalon et avait noué une cravate bordeaux autour de son cou comme s'il était dans un country club. Il se pencha d'un air conspirateur et, désignant Kees, dit, Son français est atroce, bien pire qu'il ne le pense. Je ne répondis rien. Il se racla la gorge et dit à la cantonade, Poursuivons. L'un des avocats prit la parole. Son élocution était du cristal taillé, pour reprendre une expression anglaise, et pas trop rapide, ce qui facilitait l'interprétation. *Il est important de garder à l'esprit que le procès pourrait encore durer des mois, voire des années. Le récit d'un procès fonctionne différemment dans une affaire comme celle-ci. Ce n'est pas aussi simple que de raconter une histoire convaincante.* J'étais à côté de l'ancien président, lui parlant à l'oreille, tendant la main pour prendre mon stylo et un bloc-notes.

Il se cala dans sa chaise, les yeux rivés sur l'avocat dont je venais de répéter les paroles.

N'oubliez pas que les juges eux aussi ont conscience qu'un récit fluctue au cours des ans – le procès penche d'un côté puis de l'autre, l'histoire change et la mémoire est défaillante. Impossible de garder en tête le schéma de ces évolutions. La partie qui parvient à créer la bonne dynamique à la toute fin peut très facilement prendre l'avantage. L'avocat fit une pause. *C'est pourquoi il existe des garde-fous qui représentent à la fois un danger et une chance. Un procès-verbal de l'audience est produit à la fin de chaque journée. Ces comptes-rendus sont rassemblés et sont cruciaux pour le procès.*

Il parcourut la pièce du regard. *S'il en va de notre intérêt de créer un récit convaincant au cours des jours, semaines et mois du procès, nous ne gagnerons pas si nous ne nous montrons pas attentifs à ce qui se passe au jour le jour. Il nous faut développer une stratégie et des tactiques. Et* – à cet instant il regarda l'ancien président droit dans les yeux – *s'il est capital de se concentrer sur notre objectif final, si nous voulons nous concentrer sur le récit qui est fait hors des murs de la salle d'audience, nous devons le faire sans jamais perdre de vue ce procès-verbal quotidien. Notre victoire ou notre échec dépend de lui. Pas de... la performance, dirons-nous, de notre dernier témoin en date qui, aussi satisfaisante ait-elle été d'un point de vue personnel, n'a rien arrangé à notre affaire.*

Il se racla la gorge et prit un dossier en attendant que je termine. À côté de moi, l'ancien président était parfaitement immobile. J'étais assez proche pour examiner la texture de sa peau, les particularités de ses traits, sentir l'odeur du savon qu'il avait dû utiliser ce matin-là. Il ne bougea pas pendant que je lui parlais aussi vite et discrètement que possible, j'avais conscience que toute la pièce attendait. Je songeai combien ce mode d'interprétation se distinguait du travail effectué en cabine où notre tâche était de parler clairement et d'articuler chaque mot par souci du public, par souci du procès-verbal. Ici, je m'exprimais par murmures et chuchotements, il y avait quelque chose de sournois dans ce type de communication. Je terminai et me tus.

Je n'arrivais pas à deviner ce que l'ancien président ressentait, s'il avait accepté ou même compris le conseil plus ou moins technique et tout à fait contre-intuitif que venait de lui fournir l'avocat, la Cour donnant l'impression à première et même seconde vue d'être un lieu pensé pour la persuasion narrative. L'ancien président ne montra aucun signe allant dans un sens ou dans l'autre, et au bout d'un moment l'avocat reprit. Il s'ensuivit une autre discussion hautement technique dont le contenu était au mieux opaque et, les minutes s'étirant, je commençai à ne plus trop savoir de quoi il était question.

Le fait est que l'interprétariat est parfois extrêmement perturbant puisqu'en se concentrant sur la minutie requise par l'exercice, tout en s'efforçant de rester le plus possible fidèle aux mots prononcés d'abord par le sujet, puis par soi-même, sans pour autant appréhender le sens des phrases : on ne sait littéralement pas ce qu'on dit. Le langage ne fait plus sens. C'était ce qui m'arrivait à cet instant, dans la salle de réunion. J'étais prise par ma mission première, à savoir décoder le jargon des juristes dans lequel était enfermée la conversation, si bien enchâssée, même, que rien ne semblait le pénétrer ni s'en échapper. Néanmoins – je le voyais à mon bloc-notes posé devant moi couvert d'un texte en sténo – quelque chose avait bien réussi à s'infiltrer. Je lus les mots que j'avais articulés pendant près de vingt minutes, *raid transfrontalier, charnier, jeunesse armée.*

Je pris le verre d'eau. C'était le tour de l'un des associés juniors de parler – un mur solide de langage qui fonçait sur moi tandis que je vidais mon verre, m'en versais un autre et le vidais lui aussi. Je reposai le verre, j'avais perdu le fil, baissai une fois de plus les yeux vers le bloc-notes comme si j'allais y trouver un indice. L'associé s'interrompit, l'ancien président se tourna pour me regarder. Tout va bien ? demanda l'associé avec brusquerie. Juste une seconde, si vous permettez, dis-je. Est-ce qu'on pourrait reprendre… répondit l'associé, impatient. Oui, oui, bien sûr. À quel endroit ? Il échangea un regard avec Kees, qui m'observait, un bras plié sur l'autre. Lui qui n'avait pas ouvert la bouche jusque-là se mit soudain à parler. Faisons une pause. Cinq minutes ? Les autres se levèrent aussitôt comme si eux aussi avaient attendu une excuse pour s'arrêter.

À ma plus grande surprise, l'ancien président se mit debout à son tour et sortit de la pièce en même temps que ses avocats, à croire qu'il était en totale liberté. Je le regardai s'éloigner. Je restai assise alors que j'aurais bien eu besoin de prendre l'air, peut-être plus que les autres. La pièce était pratiquement vide quand je me rendis compte que Kees était toujours là, le seul à être resté. Il approcha et se posta devant moi. Je sais qu'on vous a prévenue à la dernière minute et je vous remercie d'être venue, dit-il. Je hochai la tête, méfiante, son ton était indéterminé, obstinément ambigu, ses manières familières, il est vrai, mais aucun signe dans son attitude ou ses paroles ne montrait qu'il me reconnaissait. J'aurais pu lui poser un certain nombre de questions ou même aborder le problème, mais la situation était loin d'être neutre. Kees était dans une position de pouvoir considérable, il suffirait d'une plainte pour que mon contrat, s'il n'était pas rompu, ne soit pas prolongé.

Il vous apprécie, dit tout à coup Kees. On a presque l'impression qu'il trouve votre présence apaisante. Je m'efforçai de ne pas tressaillir, j'étais consciente que Kees étudiait le moindre de mes mouvements. Divers mots me traversèrent l'esprit à toute vitesse – *criminel, raid, épuration ethnique.* Mais ce n'est pas la seule raison pour laquelle vous nous êtes utile, continua Kees. Il croisa les bras et regarda par terre. Votre réaction nous aide à comprendre quel genre d'impact émotionnel les preuves et les témoignages peuvent avoir. D'une certaine façon, notre équipe est trop habituée. Il désigna les papiers étalés sur la table d'un geste de la main. On doit se préoccuper des détails de la procédure, mais se souvenir de la composante émotionnelle est aussi important. Vos réactions nous rappellent que les émotions sont très volatiles dans une affaire comme celle-ci.

Kees prononça le mot *émotions* avec un mépris léger, mais indéniable. Il me regarda. Vous savez, continua-t-il, affichant désormais un vague sourire, vous me paraissez très familière, est-ce qu'on ne se serait pas déjà rencontrés ? Je restai silencieuse tandis qu'il s'approchait. Il s'assit sur le bord de la table, les jambes tournées vers moi, son corps à quelques centimètres du mien. Je me demandai combien de fois il avait effectué ces gestes précis dont l'effet était à la fois grossier et impersonnel. J'étais de plus en plus persuadée qu'il ne se souvenait pas de moi, et qu'il avait sorti cette phrase à des centaines et des centaines de femmes, *Est-ce qu'on ne se serait pas déjà rencontrés ?* J'entendis un bruit provenant du couloir et pivotai sur ma chaise, des voix nous parvenaient de plus en plus distinctement avant de faiblir de nouveau, des gens qui ne faisaient que passer.

Mais cela avait suffi, Kees se leva d'un coup et se dirigea vers l'autre côté de la table de réunion. Son attitude avait changé, il feuilleta ses papiers en fronçant les sourcils. J'allais me lever quand il regarda par-dessus la table et dit soudainement, Vous voyez souvent Adriaan ? Les mots en eux-mêmes n'avaient rien de particulier ni la façon dont il les avait prononcés, même si cette désinvolture était surjouée. Mais avant que nos regards se croisent, je savais déjà que je lirais une trace de malice dans ses yeux et j'avais raison, elle devait être là depuis le début. C'est à cet instant que les autres entrèrent et je n'avais même pas eu le temps de répondre que Kees baissait la tête vers ses papiers. Il produisit un bruit de légère irritation, puis leva les yeux et dit avec rudesse, Entrez s'il vous plaît. Nous sommes en retard. Ne perdons plus de temps.

L'ancien président s'assit à côté de moi. Il acquiesça et je hochai la tête en retour. L'ancien président soupira, puis se frotta le visage d'une main. Il se tourna vers moi et demanda dans son français euphonique et pondéré, Est-ce que cette situation vous convient ? Il fit un geste vers la table, peut-être vers la pièce dans son ensemble, ses yeux tombèrent sur mon bloc-notes et les mots gribouillés dessus, des mots qu'il ne pouvait en aucun cas avoir lus étant donné leur taille et la sténo, mais il n'en connaissait que trop bien le contenu. Il grimaça, comme gêné, puis fit un autre geste, cette fois de supplication étrange. Ça fait beaucoup, je sais. Ça a l'air bien pire que ça ne l'est en réalité parce que le langage est sans nuances. Il fronçait les sourcils, les yeux rivés sur le bloc-notes. Un seul mot – *criminel* – pour décrire toute une série d'actes perpétrés pour tant de raisons différentes.

Il secoua la tête et soupira. Bien sûr, je n'ai pas besoin de vous le dire, continua-t-il. C'est votre métier, de manier les mots. Les autres personnes présentes parlaient tout bas ou compulsaient leurs papiers. Il attendait que je réagisse. J'hésitai, puis dis, Mon travail est de réduire autant que possible l'écart entre les langues. Ce n'était pas la rebuffade que j'avais espéré faire, c'était une affirmation si abstraite qu'elle ne voulait presque rien dire. Et pourtant, c'était vrai : je n'allais pas cacher la signification de ce qu'il avait fait, de ces mots qu'il trouvait si insuffisants, mon travail était de m'assurer qu'il n'y ait pas de porte de sortie entre les langues.

L'ancien président était immobile, il semblait attendre que j'en dise davantage. Mais je restai silencieuse et il finit par regarder Kees et dire, non sans regret et sur un ton fatigué, Alors, est-ce que nous ne devrions pas reprendre ? Et je compris enfin qu'il s'ennuyait, la litanie de ses propres crimes l'ennuyait, la mise en scène de la stratégie juridique qui pourtant lui rendrait peut-être sa liberté l'ennuyait. Il observa les avocats autour de la table, il ne les supportait pas parce qu'ils étaient la manifestation physique de sa culpabilité dont je n'avais aucun doute. Ces hommes qui le harcelaient avec les détails de ses exactions, il voulait être libéré d'eux, de la même manière qu'il voulait être libéré de sa culpabilité.

C'était pour cela qu'il trouvait ma présence apaisante. Non parce qu'il avait besoin de mes services d'interprète, pas même parce que j'étais une distraction amusante, mais parce qu'il voulait que quelqu'un d'autre soit présent pendant ces heures interminables, quelqu'un qui n'insisterait pas pour décortiquer ce passé auquel il ne pouvait plus échapper. Et je compris que pour lui j'étais un pur instrument, un être sans volonté ni jugement, une zone sans conscience où il pouvait fuir, la seule compagnie qu'il supportait désormais – voilà la raison pour laquelle il avait exigé ma présence, la raison pour laquelle j'étais là. Je voulais me lever et quitter la pièce, expliquer qu'il y avait eu méprise. Je me vis le faire. Mais cela ne dépassa pas le stade de l'idée. Ce n'est pas ce qui arriva. Il arriva que je ne bougeai pas de ma chaise, que j'interprétai pour l'ancien président, que je restai là, dans cette pièce avec ces hommes, jusqu'à ce qu'ils ne veuillent plus de moi.

10

Il y eut encore plus de monde que d'habitude au vernissage de Jana au Mauritshuis, peut-être à cause de la thématique de l'exposition, à la fois ironique et sérieuse. Jana avait souvent évoqué la pression qui était mise pour augmenter les chiffres de fréquentation, renouveler la présentation des collections permanentes afin d'attirer un public plus jeune et plus nombreux.

C'est avec cette consigne en tête que Jana avait conçu l'exposition *Slow Food*, la première du musée consacrée à la nourriture dans les natures mortes. Jana avoua que le concept et surtout le titre relevaient plutôt du gimmick, très loin des deux premières expositions qu'elle avait montées. Mais elle insista pour dire qu'elle trouvait l'idée excellente. C'était un thème récurrent de la peinture de l'âge d'or, un genre bien déterminé, dit-elle, même si des titres comme *Nature morte avec fromages, amandes et bretzels* font vraiment penser à une sculpture de Jeff Koons. Je suppose qu'en soi, c'est intéressant. Il y aurait beaucoup à dire sur la classe, la consommation et la culture de l'étalage en public.

J'observai les gens dans le hall du musée, portant des vêtements de grands couturiers et jouant avec leur smartphone de manière ostentatoire. Ils buvaient leur vin autour du buste de Johan Maurits, le fondateur du musée, qui avait fait fortune grâce au commerce transatlantique d'esclaves et la conquête de la Nouvelle-Hollande ; Jana m'avait raconté l'histoire lors d'une précédente visite. Elle aurait aimé que ce buste soit déboulonné, non seulement parce qu'il célébrait un marchand d'esclaves et un colonialiste, mais aussi parce que ce n'était pas une œuvre de qualité. Je ne pouvais qu'être d'accord, Maurits avait l'air particulièrement pompeux dans ce portrait exécuté par Bartholomeus Effers avec ses bajoues, ses lèvres pincées et son habit surchargé. Il regardait dans le vide, une main sur le torse. Le buste avait beau être entouré d'invités, personne ne semblait lui prêter attention, personne n'envisageait ce pan d'histoire pourtant bien présent. Je vis un homme en costume bâiller et effleurer la statue avant de se redresser paresseusement.

Je montai à l'étage où je vis Jana à l'autre bout de la galerie en pleine discussion avec deux femmes à la coiffure parfaite, toutes les deux en tailleur et talons hauts, comme si elles arrivaient directement du bureau. Jana leur montrait beaucoup d'égards, semblant suggérer qu'il s'agissait de mécènes, acquiesçait avec enthousiasme, mais son sourire était faux et figé. Ne voulant pas les interrompre, je me rendis dans la salle adjacente qui accueillait la collection permanente. Elle était déserte et je m'y promenai sans être dérangée, le bruit de la foule faiblissant au fur à mesure de mon éloignement.

Les salles du Mauritshuis étaient de dimensions modestes, ces espaces avaient quelque chose de domestique comparés à ceux d'autres musées, si immenses qu'on croirait qu'ils cherchent à imposer le sublime aux visiteurs. Je préférais l'intimité de ces salles, mieux adaptée aux tableaux, non seulement à cause de la taille des œuvres – certaines n'étaient pas plus grandes qu'une feuille A4, le genre de tableau qu'on a envie de voir de près, dont on ne peut profiter de loin – mais aussi à cause du sujet. Contrairement à celles de l'exposition de Jana, les toiles de cette salle représentaient surtout des silhouettes d'hommes, de femmes et d'enfants.

L'artifice de leur pose était flagrant, mais n'entamait pas la proximité créée par ces tableaux – c'était même l'acte de poser, la relation qu'il impliquait, qui créait ce sentiment d'étrange familiarité. Dans certains cas, ces personnes posaient clairement pour le peintre, regardaient ce que je me figurais être l'objectif ou l'œil de la caméra, même si c'est anachronique, bien sûr, ces gens regardaient le peintre et non un appareil. L'idée était d'une intimité folle, et je m'aperçus que l'expérience qui consistait à soutenir un autre regard humain aussi longtemps n'existait plus de nos jours.

Ces tableaux ouvraient donc une dimension qu'on ne voyait normalement pas dans les photos, en nous permettant d'éprouver le poids du temps qui passe. Debout devant la toile représentant une jeune fille dans la pénombre, je me disais que cela expliquait pourquoi il y avait quelque chose d'à la fois retenu et vulnérable dans son regard. Ce n'était pas la contradiction d'un unique instant, mais plutôt comme si le peintre avait capté deux états émotionnels distincts, deux humeurs, qu'il était parvenu à inscrire dans une seule image. Il avait dû y avoir une multitude de ces instants contenus dans ce tableau, entre le moment où elle s'était assise devant le peintre pour la première fois, celui où elle s'était levée, le cou et le haut du corps raidis, et la dernière séance. Ces multiples couches – qui donnaient lieu à une espèce de floutage temporel, ou de simultanéité – étaient peut-être ce qui distinguait finalement le tableau d'une photo. Je me demandai si c'était pour ça que la peinture contemporaine me paraissait tellement plus plate, comme s'il lui manquait la profondeur mystérieuse de ces œuvres, beaucoup de peintres actuels travaillant à partir de photos.

Je passai au tableau suivant qui représentait une jeune femme assise à côté d'une table, le visage éclairé par la flamme d'une bougie – son front large et ses joues rondes baignés d'une lumière dorée, les plis nets de son chemisier d'un blanc presque aveuglant. Le recours au clair-obscur était particulièrement frappant, du moins à mes yeux d'amatrice – j'étais incapable de décrire ses caractéristiques précises, je savais seulement que c'était comme si la lumière était en trois dimensions, s'étendant au-delà du cadre, jusqu'à ce que la toile elle-même passe pour la source de l'illumination. Un homme se tenait derrière la jeune femme, appuyé à la table, dans une pose désinvolte et canaille, d'une certaine façon rebutante, puisqu'on avait l'impression qu'il empiétait sur son espace vital, même si l'expression « espace vital » n'avait pas dû lui traverser l'esprit. Encore un anachronisme.

Je m'approchai du tableau. La jeune femme – la jeune fille, en vérité – brodait, une tâche ordinaire qui, apparemment, suscitait un intérêt improbable chez le jeune homme en chapeau de Cosaque et tunique. Il lorgnait vers elle, ce n'était clairement pas l'ouvrage qui avait attiré son attention, mais la jeune fille. Elle était vêtue de blanc, lui de noir, la symbolique était évidente, même si la nature de la rencontre me restait obscure. Je baissai les yeux vers le cartouche – les titres de ces tableaux étaient généralement descriptifs et jamais très poétiques, n'avaient rien de l'opacité forcée des titres de l'art contemporain. Ce tableau s'intitulait *Homme proposant de l'argent à une jeune femme.*

J'étudiai une fois de plus le tableau, et cette fois je vis que l'homme tendait des pièces au creux de sa paume. Il les présentait discrètement tandis que de l'autre main il tirait doucement la jeune fille par le bras pour qu'elle se détourne de son ouvrage et considère la proposition qui lui était faite. Je vis le talent peu commun avec lequel l'artiste communiquait les subtilités de la force et de la résistance – le drame de la main qui tire le bras, la raideur de sa posture à elle, ses yeux écarquillés de peur.

Mais la véritable tension du tableau se trouvait non pas dans la cohérence avec laquelle ce contact avait été rendu, plutôt dans l'incohérence au cœur de l'image. Peu importe le temps passé devant ce tableau, je n'arrivais pas à concilier la pudeur parfaite de la jeune fille dont tout le corps était couvert à l'exception du visage et des mains, et l'attitude lascive de l'offre. Peut-être proposait-il simplement de lui acheter sa broderie ? Mais si c'était le cas, pourquoi lisait-on la peur sur le visage de la jeune femme ? Pourquoi la concentration de la jeune fille était-elle si froide et lourde de sens, comme si c'était la seule rebuffade qui lui était permise ?

Je relus le cartouche et constatai, à ma grande surprise, que le tableau était l'œuvre d'une femme, Judith Leyster. Je n'avais jamais entendu parler d'elle, mais savais qu'il était rare pour une femme artiste d'être reconnue durant l'Âge d'or, encore aujourd'hui les femmes ont du mal à atteindre le même statut que leurs collègues masculins. Le cartouche précisait que Leyster était née en 1609. Le tableau datait de 1631 : elle n'avait alors que vingt-deux ans. Il semblait miraculeux qu'une personne d'une petite vingtaine d'années l'ait réalisé. Il n'y avait pas que le talent technique qui était saisissant – un tel niveau de maîtrise à un aussi jeune âge était extraordinaire –, l'ambiguïté de l'image elle-même l'était aussi.

Je revins au tableau et songeai alors que seule une femme pouvait produire cette image. Ce n'était pas un tableau sur la tentation, mais plutôt sur le harcèlement et l'intimidation, une scène qui pourrait avoir lieu aujourd'hui n'importe où dans le monde. L'œuvre résidait dans un schisme montrant deux positions subjectives irréconciliables : l'homme qui croyait qu'il s'agissait d'une scène d'ardeur et de séduction, et la femme qui était plongée dans un état de peur et d'humiliation. Ce schisme, je m'en rendais compte à présent, était la véritable incohérence qui animait le tableau, le véritable objet du regard de Leyster.

Te voilà. Je sursautai et me retournai. J'étais si absorbée dans mes réflexions que je n'avais pas entendu les bruits de pas dans la salle. Jana se tenait devant moi. Nous ne nous étions pas vues depuis le dîner avec Adriaan, plus d'un mois auparavant. La préparation de l'exposition l'avait beaucoup occupée et même si je lui avais envoyé plusieurs messages, je n'avais pas eu de nouvelles jusqu'à ce qu'elle m'appelle pour me redire qu'il fallait absolument que je vienne au vernissage et assiste au dîner prévu après, le tout sur un ton plus brusque et charmant que jamais. Je lui avais dit que je viendrais, Jana m'avait manqué et je voulais parler d'Adriaan avec elle. La situation s'était dégradée au cours du mois qui venait de s'écouler, et j'avais l'impression que la forme et le sens de son absence commençaient à changer.

La semaine s'était transformée en deux semaines sans plus d'explication ni la moindre excuse. Je me sentais déjà vulnérable quand mon inquiétude avait été fortement aggravée par une autre entrevue avec Kees. Moins d'une semaine après ma première session avec l'ancien président, on m'appela pour une nouvelle réunion avec la défense. La réunion elle-même se déroula sans incident, mais alors que je m'en allais, Kees me courut après dans le couloir. Il ralentit en arrivant à mon niveau, affichant une légère surprise comme s'il était tombé sur moi par hasard alors que nous venions de passer plusieurs heures ensemble. D'instinct, je hâtai le pas. Il accéléra à son tour jusqu'à ce que je m'arrête et me retourne pour lui faire face, exaspérée.

Je voulais simplement savoir comment tu allais, dit-il. Il parlait comme si je l'avais insulté, me donnant l'impression que je surréagissais. Il joignit les mains d'une façon qui n'avait rien de naturel, qui était même légèrement menaçante. J'imagine que ça doit être dur pour toi.

Ça va, dis-je sèchement.

Vraiment ? Mais tu as peut-être raison. Il fit une pause en me dévisageant avec avidité. Adriaan a peu de chances de parvenir à ses fins. Gaby est très amoureuse de son nouvel amant.

C'était comme si j'avais reçu un coup à la poitrine.

Je ne suis pas sûre de comprendre, dis-je.

Comprendre quoi ? Je viens de te le dire. Il n'arrivera pas à la reconquérir.

Mais il est…

Quoi, encore amoureux d'elle ? Pour s'être précipité comme ça au Portugal, sûrement. Gaby m'a appelé ce soir-là, elle a trouvé ça assez irrationnel et gênant, son nouvel amant a tendance à être jaloux, d'après ce que j'ai compris.

Je reculai un peu quand il répéta les mots *nouvel amant* avec une inflexion lubrique et excitable. Il secoua la tête et agita un doigt devant moi.

Il lui met des bâtons dans les roues, notre ami Adriaan, en allant là-bas comme ça. Et bien sûr, les enfants...

Sa voix traîna, manifestement, les enfants étaient un sujet trop prosaïque pour mériter d'être discuté.

J'imagine que les enfants devaient être heureux de le voir, dis-je.

J'avais la bouche sèche, mes mots étaient froids et hésitants.

Oui... comme tous les enfants, non ? Il enchaîna aussitôt alors même que ce qu'il disait n'avait aucun sens ou presque. Mais assez parlé d'Adriaan, dit-il avec un sourire en se penchant vers moi. Tu serais libre pour boire un verre ?

J'étais à la fois abasourdie et fascinée par l'audace de cet homme à la technique remarquablement répétitive, qui usait chaque fois de la même stratégie, capitalisant sur la confusion de ses interlocuteurs. C'était si transparent, sans être totalement inefficace, que j'étais déboussolée, mais pas comme il l'espérait. Je m'excusai et me dépêchai de sortir du bâtiment, récupérant mon sac auprès du gardien. Je pris mon téléphone et envoyai un sms à Adriaan, *Est-ce que ça va ?* Il répondit aussitôt, *Oui, ça va.* Et rien de plus.

Je ne savais que faire, encore moins que croire. Adriaan m'avait déjà raconté que la situation était compliquée avec Gaby et alors que les jours devenaient des semaines, puis un mois entier, j'avais évidemment imaginé que les choses avaient dû se corser. Était-il possible qu'il ait changé d'avis ? Avait-il pu me dire quelque chose qui n'était pas tout à fait vrai ? Ce n'était pas ce que j'avais espéré, je m'apercevais à présent de la précarité de ma position. Si Jana m'avait demandé comment ça se passait avec Adriaan, j'aurais pu lui dire un certain nombre de choses : je ne savais pas trop, j'avais emménagé dans son appartement, tout était sur le point de voler en éclats.

Mais elle ne posa pas la question, du moins pas à ce moment-là. Elle était accompagnée d'une femme élégante que je ne connaissais pas, habillée avec style, le genre de femme que j'aurais pu admirer discrètement dans la rue. C'est Eline, dit Jana, je voulais vous présenter. La femme sourit en me serrant la main et j'avais beau avoir la tête ailleurs, elle me plut immédiatement. Tu t'ennuyais ? demanda Jana. Je secouai la tête, Non, c'est juste que je me pose beaucoup de questions sur ce tableau. Je pointai le Leyster du doigt et ajoutai, Curieusement je ne l'avais jamais remarqué.

La Proposition, dit Jana. C'est comme ça qu'il s'appelle, en fait. C'est un très beau tableau. Leyster était un cas à part – elle a fait partie des toutes premières femmes à entrer dans la Guilde et a connu un certain succès de son vivant. Après sa mort, beaucoup de ses tableaux ont été mal attribués, et ce n'est qu'à la fin du XIXe siècle que ces erreurs ont été corrigées. Et ensuite ? demandai-je. Jana haussa les épaules. Eh bien ses œuvres sont ici. Je suppose qu'elle est reconnue, même si c'est toujours moins que ce qu'elle mérite. J'acquiesçai, vis qu'Eline examinait le tableau à son tour. Tu as fini ? demandai-je à Jana, et elle secoua la tête, Non, il faut que j'y retourne. Mais tu restes pour le dîner ? Je fis oui de la tête, mais Jana s'éloignait déjà, et je compris qu'elle avait voulu me présenter Eline pour que nous ayons quelqu'un à qui parler.

Jana a un don pour l'amitié, déclara Eline. Elle insiste là-dessus. Nous nous mîmes à rire. Ses mots étaient doux, mais sans détour, nous nous sentîmes immédiatement à l'aise. Dans le bref silence qui suivit, je m'aperçus que Jana était partie sans établir le moindre socle commun entre nous, je ne savais rien de la femme qui se tenait à côté de moi. Nous marchions et Eline désigna les tableaux accrochés dans la salle. Ils dégagent une atmosphère de parfaite tranquillité, mais la période était très agitée. L'empire néerlandais s'étendait diligemment, et de bien des façons, ces tableaux doivent être lus dans ce contexte. La domesticité et le calme de ces intérieurs prennent un sens différent à cette lumière. Ce n'est pas anodin de regarder vers l'intérieur, de tourner le dos à l'orage qui gronde au-dehors.

Je dis qu'elle semblait en savoir long sur la période et elle sourit. Je suis historienne de l'art, j'enseigne à l'université. C'est étonnant que je n'aie pas rencontré Jana plus tôt, La Haye est une toute petite ville et son monde de l'art encore plus, mais c'est sans doute parce qu'elle ne vit pas ici depuis longtemps. J'étais au courant de sa nomination, bien sûr, ajouta-t-elle. Alors que nous traversions les salles, regagnant lentement l'exposition de Jana, je lui demandai ce qu'elle pensait de l'exposition. Elle a fait de l'excellent travail, dit Eline. Dans le fond comme dans la forme. Ce n'est pas facile, ce qu'on lui demande de faire. Il faut qu'elle modernise l'institution, mais il ne faut pas non plus qu'elle se mette à dos les historiens de l'art que nous sommes. Je lui demandai si c'était comme ça qu'elles s'étaient rencontrées et elle répondit, Non, l'occasion était tout à fait différente et inattendue. Elle n'en dit pas plus et je n'avais pas l'impression de pouvoir insister, elles pouvaient avoir fait connaissance de bien des manières, après tout La Haye était une petite ville, comme elle le disait elle-même.

Nous étions revenues dans l'espace d'exposition qui se vidait rapidement. Une hôtesse nous aborda pour savoir si nous participions au dîner et, si oui, alors il suffisait de rejoindre l'étage inférieur. Eline et moi nous regardâmes, Jana était introuvable, si bien qu'au bout d'un moment nous descendîmes dans le hall du musée qui offrait une scène saisissante. De longues tables de banquet étaient couvertes de tissu blanc. Tout autour du hall, de la nourriture avait été disposée dans une imitation parfaite des tableaux de l'exposition.

C'est comme une inversion de l'anecdote de Zeuxis et Parrhasius, dit Eline avec un sourire amusé. J'essayai de me rappeler les détails de l'histoire que j'avais apprise à l'école et qui racontait le duel entre deux peintres de la Grèce antique visant à déterminer lequel était le meilleur. Je me souvenais que Zeuxis avait peint du raisin de manière si réaliste que les oiseaux avaient cherché à picorer le panneau. Mais ça n'était que la moitié du récit, j'avais oublié ce que Parrhasius, le rival, avait produit. L'image des oiseaux qui s'envolaient au milieu d'une foule, leurs ailes heurtant le panneau, avait obstrué tout le reste. Quoi qu'il en soit, il s'agissait bien d'une inversion parfaite de l'œuvre de Zeuxis ainsi qu'Eline l'avait dit car des cadres avaient été placés autour de chaque présentation, obligeant les invités à passer la main à travers pour se servir en fromage ou, justement, en raisin.

J'étais persuadée que Jana était aux anges, l'installation était impressionnante pour ne pas dire ostentatoire. Le hall, plein à craquer d'invités ravis, résonnait de leurs conversations enthousiastes. À cet instant, Jana apparut derrière nous, passa un bras autour de mes épaules et nous demanda notre avis. Eline dit aussitôt que c'était merveilleux et Jana expliqua qu'ils avaient contacté une artiste culinaire pour réaliser ces dioramas, une jeune femme qui avait fait ses études à la Rijksakademie, et depuis, toutes les grandes biennales se l'arrachaient. Elle fut appelée ailleurs avant d'avoir le temps de nous raconter la suite, je remarquai combien le succès de la soirée l'excitait. Les places à table n'étaient pas attribuées, et une imposante pile d'assiettes était posée sur une desserte au centre du hall. Les invités étaient agglutinés autour des tableaux, une assiette à la main, découpant des tranches de viande et des morceaux de fromage à travers les différents cadres, un spectacle étrange et amusant.

Je songeai à Adriaan, au fait que c'était le monde qu'il avait habité avec Gaby. Ils auraient circulé dans ces espaces avec aisance, j'étais sûr qu'à eux deux ils connaissaient la plupart des gens présents, et d'une certaine façon ce monde était encore plus le leur que celui de Jana. La peur me gagna. Je n'étais pas d'ici. J'imaginai une fois de plus Adriaan en compagnie de Gaby, et en une fraction de seconde, ce fut comme s'ils étaient dans le hall. Des files d'attente se formaient autour de nous. On y va ? dit doucement Eline, à croire qu'elle avait remarqué ma distraction. Ce Clara Peeters me tente bien.

Elle désigna une présentation de fromages et dit en riant, Je crois que notre dîner va se résumer à du fromage et du pain, le poisson et le homard ont déjà disparu. De fait, les joyeux convives étaient installés à table, leur assiette chargée de nourriture. Les serveurs circulaient avec des pichets de vin, rien n'avait été omis. Quand notre tour arriva, Eline et moi tendîmes la main à travers le cadre pour nous servir en fromage. Eline prit une pomme et d'autres fruits sur un présentoir. C'est magnifique, murmura-t-elle en mordant dans une pêche et en contemplant l'installation. Si on y regarde de près, ils sont allés jusqu'à reproduire l'éclairage des tableaux d'origine. Elle désigna la rampe de spots au-dessus de nous. Même les restes ont quelque chose de drôle et d'intéressant, on ne voit jamais les tableaux dans cet état.

Jana nous rejoignit un peu plus tard. Elle s'assit à côté de moi et retira ses chaussures à talons. Quelle soirée, dit-elle. Elle paraissait fatiguée, ses mots étaient un peu ambigus, comme si à ses yeux la soirée avait pu être un succès aussi bien qu'un désastre. C'est magnifique, tu dois être très contente. Jana se pencha en avant avec empressement. Qu'est-ce que tu as pensé de l'exposition ? demanda-t-elle. Eline serra la main de Jana dans les siennes, C'est un triomphe. Il y avait beaucoup de gentillesse dans sa voix et même si je ne doutais pas de sa sincérité, je voyais qu'elle savait combien tout cela comptait pour Jana. Cette dernière acquiesça comme si elle était soulagée, et peu après, Eline se leva et annonça qu'elle devait y aller. Très heureuse de t'avoir rencontrée, me dit-elle, et même s'il s'agissait d'une simple convention, je devinai là aussi qu'elle était sincère. On essaye de se revoir ? proposa-t-elle, et aussitôt Jana dit qu'elle nous mettrait en contact.

Eline sourit et nous souhaita une bonne fin de soirée. Alors que je la regardais partir, Jana bâilla, les invités commençaient à se disperser et c'était comme si elle avait officiellement pointé à la sortie. Elle prit son verre de vin. Tu ne la trouves pas adorable ? Elle t'a plu ? demanda-t-elle. Beaucoup, répondis-je. Comment vous vous êtes rencontrées ?

Elle était devant chez moi.

Comment ça ?

Son frère est l'homme qui s'est fait agresser… tu te souviens, l'attaque le mois dernier.

Je la regardai, surprise.

Elle ne t'a pas dit ? Jana but une gorgée de vin. C'est comme ça qu'on a fait connaissance, elle était devant l'immeuble, environ une semaine après l'attaque. Il paraissait évident qu'elle n'était pas du quartier, j'ai cru qu'elle était perdue, quelque chose du genre, et je ne sais pas pourquoi, je me suis arrêtée pour lui demander si elle se sentait bien. Elle m'a regardée et a fondu en larmes. On est allées au café du coin et elle m'a raconté ce qui était arrivé, son frère passé à tabac dans le quartier et hospitalisé depuis plus d'une semaine.

Jana serra ma main dans la sienne, chaleureuse et pleine d'affection. À propos, désolée de ne pas avoir pris de nouvelles. J'étais accaparée par l'exposition.

Mais il va bien ? demandai-je. Son frère ?

Le frère d'Eline ? Je crois, dit-elle en haussant les épaules. J'ai l'impression que l'enquête piétine, en revanche. Il ne se souvient de rien. Il ne sait même pas pourquoi il était dans le quartier ou ce qu'il était venu y faire. Un vrai mystère.

Un serveur se présenta aux rares convives qui restaient, distribuant des assiettes de cake au carvi. Jana en prit deux et m'en tendit une. Elle se mit à manger, elle devait être morte de faim. Comment va Adriaan ? demanda-t-elle entre deux bouchées. Elle ne me regardait pas, mais il n'y avait rien de faux dans le ton désinvolte de sa question, elle était trop fatiguée pour être consciente de son image. Je l'ai trouvé très gentil, dit-elle, sa voix si neutre que je me demandai si je n'avais pas tout rêvé, leur complicité et leur flirt. Il a l'air, en tout cas. C'est tellement rare. Elle prit une autre bouchée et me regarda. Tu n'es pas d'accord ? Je hochai la tête. Je ne dis rien. Mais je trouvais de l'authenticité à ses mots. Plus tard ce soir-là, j'envoyai un message à Adriaan pour savoir quand il rentrerait, lui demander comment ça se passait avec Gaby, où ils en étaient par rapport à leur mariage.

11

Adriaan ne répondit pas au message. Un jour passa, et après l'avoir consulté pour la énième fois dans l'espoir d'y lire une réponse, je posai mon téléphone et regardai autour de moi. Je vivais dans son appartement depuis plus d'un mois et pourtant je n'y avais apporté quasiment aucune modification. J'avais tenté d'occuper l'appartement d'une manière aussi discrète que possible, comme pour montrer à Adriaan à son retour que je pouvais sans difficulté m'insérer dans le tissu de son existence, que je ne causerais aucun remous. Cette prise de conscience fut humiliante. J'étais une femme qui attendait un amant, affublée de lingerie obscène, allongée sur le lit dans une pose qu'elle espérait affriolante.

J'étais soudain très en colère contre Adriaan qui m'avait mise dans une position absurde, qui m'avait demandé de vivre chez lui, avait promis de rentrer au bout d'une semaine pour finalement prendre la fuite dans le silence. Ce n'était pas la première fois qu'un homme m'opposait un silence, bien sûr, mais je ne m'étais pas attendue à cela de la part d'Adriaan. Je reposai le téléphone sur la table, regardai à nouveau autour de moi, rien n'avait changé dans l'appartement, à l'exception du volume acheté dans la boutique d'Anton de Rijk dans la vieille ville. J'avais été complice de mon propre effacement.

Je pris le livre, l'histoire de La Haye, le tins entre mes mains. À cet instant, je le vis pour ce qu'il était, l'artefact d'un bref moment où j'avais imaginé pouvoir trouver ma place dans la ville d'Adriaan. Je lançai violemment le livre à l'autre bout de la pièce. L'humiliation me brûla la gorge toute la journée, et le lendemain je me sentais épuisée et découragée. J'avais fait en sorte d'être facile à quitter, mise au rancart comme une pièce de rechange, j'avais trop peu exigé, et maintenant il était trop tard. Cette impression ne m'avait pas lâchée quand je reçus un mail de Jana quelques jours plus tard, adressé à Eline et moi. Nous étions destinées à devenir amies, écrivait-elle, elle nous mettait donc en relation.

Je fis défiler la série de messages et vis que c'était Eline qui avait écrit en premier, félicitant de nouveau Jana pour la réussite de l'exposition et disant combien cela lui avait fait plaisir de me rencontrer. J'étais flattée, me redis combien elle m'avait plu et répondis dans la foulée. Je voulais penser à autre chose, prendre le plus de distance possible avec cette situation impossible. Nous convînmes de nous retrouver dans un café près de chez Adriaan. À mon arrivée, je songeai qu'elle me demanderait peut-être si je vivais dans le quartier et je ne savais pas ce que je répondrais. Heureusement, cet état d'incertitude se dissipa dès que je la vis. Assise à la table près de la fenêtre et baignée dans la lumière du jour, elle semblait plus fragile qu'au Mauritshuis, sa peau plus pâle encore. Elle avait des rides au coin des yeux que je n'avais pas remarquées, elle était sans doute plus âgée que je ne l'avais cru.

M'asseyant en face d'elle, la pensée de son frère, Anton de Rijk, me revint sous forme d'un fourmillement sur la peau. Je n'avais jamais vu cet homme, mais son existence m'était connue depuis quelque temps et son image fantôme semblait resurgir avec Eline. Elle buvait une tisane, dit qu'elle dormait mal ces derniers temps. J'acquiesçai. Je songeai que c'était sans doute à cause de son frère, si je lui demandais pourquoi, peut-être qu'elle m'en parlerait, de l'agression, de son état.

Je finis par lui poser la question, Une raison particulière ? Pendant que je prononçais ces mots, je jetai un coup d'œil au café comme si je cherchais le serveur, pour que ma question paraisse détachée. Elle secoua la tête. Je souffre d'insomnie légère, ça fait des années, même petite j'étais insomniaque. Je la dévisageai, elle souriait en parlant. Je n'arrivais pas à dormir dans mon lit, continua-t-elle. Je me glissais dans celui de mes parents, dormais par terre dans le salon, une fois mes parents m'ont trouvée sur le comptoir de la cuisine. Elle rit et but une gorgée de sa tisane. Ça n'arrive plus, Dieu merci. Mais je fais attention, je prends les précautions nécessaires. Pas de caféine l'après-midi, pas d'écrans dans la chambre.

Elle se tut. Tu n'as même pas commandé, excuse-moi. Elle leva la main et le serveur vint à notre table. Je commandai un café malgré mes propres problèmes de sommeil qui avaient redoublé avec le silence récent d'Adriaan. Après le départ du serveur, elle dit, Jana m'a raconté que tu es ici depuis moins d'un an, que tu as mis la ville à l'essai. On rit, la mention de Jana contribuant à notre bonne entente. Comment tu te sens, demanda-t-elle, est-ce que tu vas rester ? Sans doute, dis-je, si mon contrat est prolongé. Je ne mentionnai pas Adriaan.

Et chez toi, c'est où ?

Ma famille est à Singapour, maintenant. Avant ça, je vivais à New York.

Elle acquiesça. Et ton travail te plaît ?

Ce n'est pas toujours simple, dis-je en pensant à l'ancien président. Les autres interprètes s'étaient mis à me surnommer sa favorite ; c'était une blague, mais pas complètement. Je compris que pour eux, c'était un signe de reconnaissance et même de distinction que l'accusé me réclame de la sorte. Qu'on puisse trouver ce genre d'attention désirable me perturbait, je voyais mes collègues sous un autre jour, le registre de nos interactions au bureau, nos bavardages pendant le déjeuner.

En elles-mêmes, ces séances de travail avec la défense pouvaient être extrêmement monotones, sans parler de la tension qui régnait dans la pièce, j'avais sans cesse l'impression que l'ancien président s'ennuyait, qu'il n'entendait pas les mots que je prononçais, qu'il écoutait à peine. Je commençais à me demander si ce processus, au lieu de rendre intelligible la nature des actes qu'il avait commis, ne les renvoyait pas vers un état d'irréalité de plus en plus grand. Les gens réunis là ne s'intéressaient pas vraiment à la question de son innocence ou de sa culpabilité, eux parlaient plutôt de degrés, de formulation et de contexte.

Dans ces moments, face à l'indifférence têtue de l'ancien président, dans cette petite salle de réunion dépourvue d'air, au milieu des dossiers et des piles de papier, quelque chose béait en moi. L'aspect dépersonnalisé de la tâche – je n'étais qu'un instrument, et durant mes heures de travail, on ne s'adressait presque jamais directement à moi, en vérité la seule personne qui se donnait la peine de me parler était l'ancien président – s'alliait à l'étrange intimité de la rencontre, la situation était un paradoxe aux éléments irréconciliables. Malgré l'uniformité de ces réunions, j'étais gagnée par l'appréhension chaque fois que j'approchais de la pièce, et chaque fois j'avais l'impression de ne pas savoir ce qui m'attendait de l'autre côté de la porte close. Quant à Kees, il ne mentionna jamais plus notre échange dans le couloir, il ne semblait jamais me regarder – lui aussi se comportait comme si je n'étais pas là.

Eline attendait toujours que je réponde.

Parfois c'est difficile – émotionnellement, je veux dire.

Oui. Tu dois être exposée à des choses terribles, je n'ose pas imaginer.

Il arrive un moment où l'on ne comprend plus les mots qu'on prononce. Je me perds… je suis tellement concentrée sur les détails de l'audience que je perds le fil de l'histoire. À la fin, je serais incapable de te raconter ce qui s'est passé ou ce qui a été dit.

Le serveur déposa une tasse de café devant moi.

Est-ce que tu as déjà vu ce film, celui sur l'interprète ? dit Eline après son départ. L'histoire prend un tour inattendu quand on découvre qu'en réalité c'est une révolutionnaire. Ou plutôt l'amante d'un révolutionnaire ? Ce n'était pas évident de suivre. Je ne peux pas dire que ça m'ait laissé un souvenir impérissable. Mais je me rappelle avoir pensé, que de clarté ! À la fin, l'actrice agite une arme, il n'y a plus d'ambiguïté, elle sait ce qu'elle doit faire. Eline se tut un instant et sourit. Tu n'es pas armée, rassure-moi ?

Je secouai la tête.

Pas d'arme. Même pas de clarté.

Elle rit.

C'est sans doute mieux. Mon fils aîné a adoré ce film, je crois qu'il a un faible pour l'actrice, elle est très belle.

Je lui demandai quel âge avaient ses enfants et elle répondit, Dix et douze ans. Leur enfance est passée vite, mais aussi très lentement. Quand ils sont jeunes, c'est épuisant et on n'a pas une minute à soi, mais on peut encore les rendre heureux. Ce n'est plus le cas avec mes garçons. Ils sont assez grands pour comprendre ce qui se passe, ils voient le monde comme il est. Ils sont plus sages, mais aussi plus vulnérables.

Pendant qu'elle parlait, je pensai à la violence qui avait fait irruption dans leur vie lorsque son frère avait été agressé, une violence qui n'était pas simplement sur leur tablette ou l'écran de leur téléphone, qui avait cessé d'être abstraite pour devenir bien réelle. Ils avaient dix et douze ans, et de fait, beaucoup d'enfants de cet âge avaient déjà été confrontés à la mort sous une forme ou une autre, celle d'une grand-mère, d'un grand-père ou d'un ami de la famille. Mais la mort est abstraite, même les adultes n'arrivent pas toujours à la comprendre. La violence, c'est autre chose, c'est plus accessible, elle existe dans le monde de l'imagination.

Nous vivons des temps étranges et il y a de quoi sacrément s'inquiéter, dit-elle tout à coup. Déjà, tu as la mise à mal du projet européen.

J'acquiesçai, la date du référendum au sujet du Brexit approchait à grands pas et tous les sondages indiquaient que, de manière irrationnelle, le Royaume-Uni pourrait voter pour quitter l'UE. Une éventualité en soi déstabilisante, qui ne disait rien de bon sur le monde dans lequel nous vivions, ou sur la longévité d'institutions telles que la Cour ; et ça n'augurait rien de bon non plus pour les prochaines élections présidentielles américaines. Je savais qu'un vote *Leave* serait profondément déconcertant pour mes amis et collègues européens. Jana était particulièrement secouée, elle m'avait dit que si le Royaume-Uni votait pour quitter l'UE, elle ne pourrait plus rentrer en Angleterre, ce ne serait plus le pays qu'elle avait connu.

Je m'inquiète pour les élections néerlandaises l'année prochaine, ce pays a la réputation d'être tolérant, mais gratte un peu le vernis… Eline marqua une pause. Vu la tendance générale, je ne suis pas optimiste.

Ça doit être difficile à expliquer aux enfants, dis-je.

Oui. Leur père n'est bon à rien, pire qu'inutile. Il est tellement frontal avec eux, il n'a pas l'air de comprendre que ce sont encore des enfants, qu'il y a des limites. Elle s'exprimait d'une voix amère, me regarda depuis l'autre côté de la table. Je suis divorcée, bien sûr. Leur père vit à Amsterdam.

Mais les enfants sont avec toi ?

Ils vont le voir un week-end sur deux. Il voyage beaucoup pour son travail, donc ces visites ne sont pas aussi régulières qu'elles le devraient. Heureusement, mon frère et sa femme vivent ici.

Elle fit une pause, son téléphone émit une petite sonnerie et elle y jeta un œil. Elle détourna son attention de moi et je sentis le creux de son absence. Elle leva les yeux et dit qu'elle devait y aller, son fils venait de lui envoyer un texto. La personne qui devait le ramener n'était pas disponible, il fallait qu'elle aille le chercher.

J'acquiesçai, déçue, même si j'avais du mal à situer la source précise de ma déception – était-ce parce qu'elle partait alors que nous avions tout juste commencé à discuter, ou parce qu'elle ne m'avait rien dit sur son frère, Anton, ou simplement parce que je serais bientôt seule, et obligée de me débrouiller par moi-même ?

Bien sûr, murmurai-je.

Elle sortit son portefeuille et déposa un billet sur la table. Alors que je prenais mon sac, elle leva la main.

S'il te plaît, dit-elle. C'est un café. Elle se mit debout et attendit que je l'imite. Le divorce remonte à longtemps, continua-t-elle alors que nous quittions le café. C'est arrivé quand j'attendais mon cadet. Sa voix était calme et posée, ce drame était manifestement réglé depuis longtemps. Bien sûr, c'est important que les garçons voient leur père, mais par bien des façons, la vraie présence masculine dans leur vie, c'est leur oncle, et ma belle-sœur est plus qu'une tante pour eux.

J'hésitai, puis dis, Tu as de la chance d'être si proche de ton frère. Je crus la voir s'arrêter une fraction de seconde avant d'ouvrir la porte et de se tourner vers moi. Nous sommes jumeaux, expliqua-t-elle. Elle n'ajouta rien d'autre, et je l'accompagnai sur quelques mètres jusqu'à ce qu'elle s'arrête pour de bon. Je devais avoir l'air d'une âme en peine parce qu'elle dit soudain, comme sur un coup de tête, Pourquoi tu ne viendrais pas dîner à la maison un soir ? J'inviterai mon frère, tu verras comment fonctionne notre drôle de famille. Tu as des frères et sœurs ?

Non, dis-je.

Elle hocha la tête, comme si elle venait de comprendre quelque chose à mon sujet. Je me suis souvent demandé ce que ça ferait d'être enfant unique. Ou plutôt, j'y ai beaucoup pensé ces derniers temps. Elle se tourna brusquement pour s'en aller. Je t'envoie un mail, lança-t-elle par-dessus son épaule, on se trouvera une date. Avant que je puisse répondre, elle était partie précipitamment. Alors que je la regardais s'éloigner, je sentis mon téléphone vibrer dans mon sac. Je le sortis, le cœur battant à tout rompre. L'écran était noir et il n'y avait pas de message. J'avais dû rêver. Je levai les yeux. Eline avait disparu et j'étais seule. Je restai plantée au milieu du trottoir, un vent vif et désagréable soufflant autour de moi. Je comptai les jours, puis les recomptai. Il s'était écoulé une semaine depuis que j'avais demandé à Adriaan quand il rentrerait, comment ça se passait avec Gaby, une semaine silencieuse de plus.

12

Ce week-end-là, je quittai l'appartement d'Adriaan. Je ne voyais plus aucune raison de rester, je ne pouvais que partir. J'arpentai les pièces et ramassai mes affaires – retirant objet après objet. J'y avais laissé plus de moi que je ne le croyais, et alors que je pliais mes vêtements et rassemblais mes papiers, le doute m'envahit. Debout sur le seuil une fois mes valises bouclées, je fus aussi prise de regrets. Je contemplai l'appartement où je venais de passer un mois et il me vint à l'esprit que je n'y reviendrais jamais. Comment en étais-je arrivée là ? Même à cet instant, j'avais conscience que j'agissais en fonction d'un sentiment susceptible de disparaître sinon de se modifier. Je pivotai pour partir et m'aperçus que je ne savais pas où laisser les clés. La boîte aux lettres ne me semblait pas assez sûre, d'autant que j'ignorais quand rentrerait Adriaan. Si bien qu'après avoir verrouillé la porte, je les glissai au fond de mon sac. Je m'autorisai ce geste.

*

Emménager de nouveau dans mon ancien appartement nécessita un temps d'adaptation. D'une certaine façon, je m'y sentais moins chez moi que chez Adriaan. Il me donnait l'impression d'être celui d'une inconnue ou de quelqu'un que je ne reconnaissais plus. La nature des lieux était plus prégnante qu'avant, à croire que les pièces avaient été vidées en mon absence, que les murs étaient désormais de papier. Malgré moi, j'attendais encore – qu'Adriaan revienne, ou tout au moins qu'il réponde à mon message lui demandant qu'on se parle.

Je ne lui avais pas dit que j'avais quitté son appartement. Peut-être une partie de moi s'imaginait-elle que si nous nous parlions, s'il expliquait les raisons de son silence, je pourrais y retourner, défaire mes valises comme s'il ne s'était rien passé et attendre son retour. Mais il ne répondit pas et pendant des jours le silence de Lisbonne m'occupa, mon cerveau comme embrumé. Le mail d'Eline interrompit brièvement la monotonie de l'attente. Elle m'invitait chez elle la semaine suivante. Ce serait un dîner tout simple avec son frère et elle, pendant que les garçons étaient chez leur père et sa belle-sœur en déplacement, et elle avait aussi invité Jana, qui malheureusement était prise. Elle espérait que je me joindrais à eux. Je répondis oui et que j'avais hâte.

Quand j'arrivai, toutes les pièces de sa maison étaient éclairées. Les rideaux étaient ouverts malgré l'obscurité, comme pour affirmer que les résidents de la maison n'avaient rien à cacher. Je restai dehors et me demandai ce que ça ferait de vivre en étant à ce point exposée, d'être aussi audacieuse. De la rue, on voyait tout le rez-de-chaussée, et même sans personne à l'intérieur, on aurait dit un décor de théâtre dont les détails, visibles à travers les fenêtres, donnaient beaucoup d'informations personnelles : la grande table de cuisine, les jouets d'enfants en désordre, la gamelle d'un chien et son panier.

En vérité, tout cela n'appartenait pas à Eline, mais aux locataires qui occupaient l'appartement du bas. Elle-même vivait à l'étage avec ses fils qui étaient bien sûr trop âgés pour les jouets que j'avais aperçus par la fenêtre ; si j'avais réfléchi une seconde, j'aurais compris mon erreur. J'aurais su que la femme que j'avais rencontrée au musée et au café, la femme dont le frère avait été récemment agressé au point d'atterrir à l'hôpital, ne pouvait pas vivre de façon aussi innocente – cette femme-là fermerait sa porte à clé, et tirerait ses rideaux, ferait installer une télésurveillance, cette femme vivrait dans un état de peur et d'angoisse considérable.

Je n'avais pas réfléchi, ou ça ne m'était pas venu à l'esprit, peut-être parce que je ne voulais ou ne pouvais toujours pas faire le lien entre la femme que j'avais rencontrée et sa situation actuelle. Je pensais plutôt à la famille qui occupait le rez-de-chaussée, avais encore en tête l'aura de leur joyeux chaos quand j'appuyai sur la sonnette, pleine d'excitation parce que c'était le genre de vie que j'aurais voulu pour Eline, le genre de vie que j'aurais voulu pour moi. Je fus donc prise au dépourvu quand un homme ouvrit la porte et que, derrière lui, je vis un intérieur monochrome, froid et parfait, sans un seul ornement qui ne soit à sa place.

Mais l'homme était encore plus troublant – il s'agissait du frère, Anton de Rijk. J'avais beau m'être rendue dans cette maison en sachant pertinemment que j'allais le rencontrer, il s'avéra que je n'étais pas préparée, que son apparence me surprit. Comment se faisait-il que je n'étais pas parvenue à imaginer l'étendue de ses blessures, pourquoi étais-je étonnée de voir la grande cicatrice à vif sur son front, encore bouffie et aux bords plissés ? Ou de le voir respirer avec difficulté en s'appuyant à la porte comme si son poumon récemment perforé et ses côtes contusionnées et cassées le faisaient souffrir ? Son visage était légèrement de travers, à croire que des nerfs avaient été atteints, certains de ses traits tassés, d'autres déplacés. Je me rappelai que Jana avait dit qu'il avait été hospitalisé pendant plus d'une semaine.

Il restait là, le corps soutenu par la porte, et j'avais conscience de le fixer du regard. Il hocha la tête, comme si j'avais confirmé quelque chose, à son sujet ou au mien. Il avait sûrement dû s'habituer à ce qu'on le dévisage après l'agression. Ses traits étaient une version de ceux d'Eline de même qu'un négatif est une version de la photo. Cela devait être le cas avant l'agression, même s'il n'avait pas la beauté de sa sœur, il en possédait simplement une version plus grossière. Pourtant, ils avaient une espèce de qualité primale, comme s'ils étaient le moule d'origine. S'il n'était pas beau, son visage était néanmoins pourvu d'un certain charisme ombrageux, il était en quelque sorte plus frappant que celui d'Eline. Face à lui, je sentais que j'oubliais à quoi ressemblait Eline, ou que je commençais à ne m'en souvenir que comme l'écho lointain de celui d'Anton.

Avec un effort visible, il se redressa, se décala sur le côté et me dit d'entrer. Vous êtes l'amie d'Eline, ajouta-t-il, et je hochai la tête en le saluant. Il se tourna et je vis qu'il se déplaçait à l'aide d'une canne, un objet démodé, très travaillé et laqué, à l'opposé de celles en aluminium et bout en caoutchouc qu'on trouve partout aujourd'hui. Avec cette canne, il donnait l'impression que ses blessures ne faisaient pas qu'influencer temporairement son caractère, mais qu'elles en étaient une partie constitutive. Alors que je le suivais dans l'entrée bien aménagée avec ses grands miroirs et ses teintes neutres, je vis combien il boitait, traînant une jambe ankylosée derrière lui. Il portait des chaussures élégantes et coûteuses, méticuleusement cirées, et je me demandai s'il les cirait lui-même ou s'il le faisait faire par quelqu'un d'autre, un majordome ou un serviteur, quelqu'un d'aussi anachronique que sa canne. La semelle de la jambe qui se traînait était plus épaisse, la chaussure avait été compensée, et je songeai que la claudication devait être antérieure à l'agression.

Je le suivis jusqu'à ce que nous finissions par rejoindre une grande et spacieuse cuisine où Eline se tenait au comptoir. Elle leva la tête et émit un bruit agacé.

Tu aurais dû me le dire, je n'ai pas entendu la sonnette.

Elle sourit en s'excusant auprès de moi tandis que son frère se dirigeait vers la table de la cuisine. Il s'assit, le dos bien calé sur la chaise et regarda sa sœur. Fascinée, je le regardais tirer la langue qui se mit à pendre sur ses lèvres, un geste à la fois obscène et taquin. Passant de l'agacement à une légère exaspération, Eline se tourna vers moi. Bienvenue, dit-elle. Tu as rencontré mon frère, Anton.

Oui, dis-je, même s'il ne s'était pas présenté. J'avais été surprise qu'Eline n'ait pas ouvert la porte elle-même, elle n'avait pas l'air aux petits soins avec son frère (manifestement le genre d'homme à refuser ce genre d'attentions), mais son inquiétude à son égard était palpable. Il saisit sur la table la bouteille de vin, déjà presque vide. Eline se remit à hacher des herbes aromatiques, jeta plusieurs coups d'œil à son frère avant de lui demander brusquement, Tu as le droit de boire de l'alcool avec tes antalgiques ? Je croyais que le médecin avait dit non.

Il ne lui prêta pas attention, j'étais toujours au milieu de la cuisine, peut-être qu'il n'était pas trop tard pour quitter la pièce et la maison sans me faire remarquer.

Asseyez-vous, me dit soudain Anton comme s'il avait lu dans mes pensées. Son verre à la main, il désigna la chaise à côté de lui. J'aurais préféré rejoindre Eline derrière le comptoir, mais ce n'était pas un homme dont on ignorait facilement les injonctions. J'obéis. Il échangea un regard avec Eline, puis me servit du vin.

Anton est de mauvaise humeur, déclara Eline. Elle prononça cette phrase sur un ton neutre comme si ce n'était pas inhabituel ni particulièrement grave. Une vente qui s'est mal passée ?

demanda-t-elle. Elle n'écoutait plus que d'une oreille, à nouveau concentrée sur la cuisinière. Il haussa les épaules et me regarda en sirotant son vin. J'essaye juste de remettre de l'ordre dans le bazar qui a été créé pendant mon absence, dit-il. Cet idiot de Vincent a laissé partir certaines des premières éditions de qualité pour des clopinettes ou pas loin, et l'inventaire est ni fait ni à faire. Je travaille dans les livres, ajouta-t-il en guise d'explication. Anton a un très beau magasin dans la vieille ville, précisa Eline.

Je sais, dis-je sans réfléchir, j'y suis allée.

Je sentis le regard d'Anton couler vers moi.

Vous avez acheté quelque chose ? demanda-t-il sur un ton détaché.

Oui. Pour tout dire, j'ai dépensé plus que prévu. Je cherchais un cadeau pour quelqu'un.

Je ris, trop fort et nerveusement. Il acquiesça.

La plupart des ventes se font en ligne, bien sûr, dit-il. Mais le magasin est plus important qu'on ne le croit. L'autre jour encore, un homme est entré et a demandé quarante mètres.

Eline leva les yeux. Quarante mètres de quoi ?

De cuir et de tranches dorées. À l'ancienne. Des classiques.

Ah, dit-elle. Un décorateur d'intérieur.

Il ne savait parler qu'en termes de planche de tendances, c'était assez extraordinaire. Couleur tabac. Bleu roi. Somptueux. Traditionnel. Je lui ai demandé s'ils cherchaient un auteur ou un genre particulier. Mais non. Il nous a expliqué que ces livres n'étaient pas destinés à être lus. Ils servent à… créer un style, une ambiance. Anton agitait une main devant son visage comme pour évoquer un parfum délicat. Il laissa retomber sa main. Bien sûr, nous étions ravis de le servir. Quarante mètres de livres, ça fait beaucoup de livres, des dizaines de milliers d'euros et il se moquait absolument du contenu, un genre de Jay Gatsby si vous voyez ce que je veux dire.

Mon Dieu, murmura Eline qui, je le voyais, était passée à autre chose.

Mais ce n'est pas tout, dit-il précipitamment. Ça n'est pas fini. Elle leva les yeux, Anton avait de nouveau son attention. On lui a refourgué un tas de choses sans aucune valeur, des éditions vendues par souscription, des encyclopédies, des monographies qui n'ont jamais trouvé preneur, ce genre de choses – à des tarifs à peine plus élevés que ceux du marché, bien sûr.

Il sourit, si bien que nous savions que c'était faux, et Eline me jeta un coup d'œil, perturbée.

Et tout ça, pour… ? murmura-t-elle.

Tout ça pour, tout ça pour… tu es toujours trop pressée, Eline, dit-il avec énervement. C'est très fatigant.

Oui, je sais, dit-elle, les mains sur le comptoir. Elle me sourit. Anton adore raconter des histoires. Il adore les… digressions. De tous les gens que je connais, c'est lui qui prend le plus de temps. Même s'il est vrai qu'en général, les digressions aboutissent à quelque chose, au moins à une conclusion. Elle fit une pause et regarda son jumeau. Allez, vas-y.

Il poussa un soupir lourd de sens et se pencha en avant, les mains sur sa canne. Il était clair à présent que la canne et la claudication n'étaient pas les conséquences de l'agression, mais d'une maladie congénitale ou avec laquelle il vivait depuis un certain temps. Vue sous ce jour, son extravagance paraissait différente, une manifestation de sa vulnérabilité, et aussi de sa résilience. Je me sentais honteuse de mes suppositions le concernant, avec ses chaussures coûteuses et sa chemise bien repassée, je me rappelai avec quelle tendresse Eline avait parlé de son jumeau qui l'avait sauvée alors que son mariage sombrait, du rôle d'oncle et de père qu'il avait joué pour ses enfants.

Il continua de parler à Eline, les yeux et le corps tournés vers moi comme s'il avait détecté le changement dans mon attitude.

La semaine dernière, je suis enfin allé voir la nouvelle maison de Lars et Lotte. Ils l'ont achetée il y a près d'un an, mais le plus souvent, on se retrouve au restaurant ou dans des bars, Lotte n'aime pas cuisiner. Cette fois, ils m'ont invité chez eux, ils ont pensé que je serais plus à l'aise étant donné les circonstances.

Il y avait une inflexion dure dans sa voix, Eline fronça les sourcils et dit :

Ils ont eu raison, Anton. C'est bien plus confortable pour toi.

Que les gens me dévisagent ne me dérange pas.

Ce n'est pas la question. Moi, je préfère toujours manger chez les gens, d'ailleurs c'est pour ça – et elle me regarda en s'excusant – qu'on est ici ce soir.

Laisse-moi terminer mon histoire.

Bien sûr.

J'étais très conscient qu'on m'invitait dans cette nouvelle maison pour la première fois. Miriam n'était pas là donc j'ai marché clopin-clopant – c'était la première fois qu'il faisait référence à son handicap, et du coin des yeux je crus voir Eline tressaillir – jusqu'à l'épicerie chicos où j'ai acheté une bouteille de vin et des chocolats, je ne sais pas lesquels, d'habitude c'est Miriam qui s'occupe de ça, mais comme je l'ai dit, elle n'était pas là.

Eline le regardait avec une expression troublée, et je me demandai où était Miriam à présent.

Donc j'arrive avec mes chocolats et ma bouteille de vin en me disant que j'aurais peut-être dû apporter autre chose. Même de l'extérieur, la maison est gigantesque. Énorme, une maison de ville du XIXe siècle mais avec des cubes de verre accolés ici et là sur la façade, presque comme des excroissances postmodernes. À l'intérieur, c'est encore plus impressionnant, c'est une de ces nouvelles maisons intelligentes avec des panneaux solaires et un toit végétalisé qui s'arrose tout seul pour réguler la température, un atrium en plein milieu, le tout relié à un iPad. Je n'ai aucune idée de comment ils ont eu les permis pour faire de telles choses.

Eline apportait des bols de soupe à table. Anton s'arrêta à peine pour avaler une cuillerée de soupe et du pain. Eline posa son propre bol et s'assit en face de son frère. Elle me regarda. Bon appétit, dit-elle sèchement. Il acquiesça pour la remercier, mangeant avec un plaisir et une rapidité extraordinaire, puis il continua.

Je pensais, ou plutôt je savais, qu'ils gagnaient bien leur vie, mais pas *à ce point*. Et je n'étais pas surpris qu'ils n'aient invité personne jusque-là, Lotte a expliqué nerveusement que la maison n'était pas finie, elle a dit qu'il y aurait une pendaison de crémaillère dès qu'ils se seraient tout à fait installés, et d'un coup elle a ajouté que s'ils l'avaient achetée c'était parce qu'elle était assez grande pour recevoir et leur permettre d'organiser des événements caritatifs et des collectes de fonds. J'ai hoché la tête, ils étaient clairement gênés par la preuve irréfutable de leur richesse, passée depuis longtemps de simplement excessive à véritablement obscène sans qu'aucun de nous s'en aperçoive tout à fait.

Nous savions tous qu'ils gagnaient bien leur vie, dit Eline. Elle se tourna vers moi. Lars est promoteur immobilier, c'est lui le responsable de tous ces nouveaux immeubles autour de l'ancienne gare.

J'acquiesçai, ces projets avaient contribué à la hausse des prix dans le quartier de Jana, l'un des endroits où la gentrification était la plus violente. Je me dis que Lars devait être une figure controversée dans certains cercles, et me demandai si c'était pour ça qu'il était resté si discret sur l'accroissement de sa fortune considérable. Eline avait employé le mot *responsable*, mais cela n'était pas forcément un jugement de sa part, elle s'était exprimée sur un ton plutôt neutre.

Oui, dit Anton. Je savais qu'ils gagnaient bien leur vie. Il se tourna pour m'expliquer : L'argent vient de Lotte qui est aussi stupide et bourgeoise que son prénom. Mais Lars est différent, c'est un type rusé qui a transformé ce joli petit héritage en véritable fortune. Il rit. Vous savez, tous ces immeubles qu'il a fait construire sont absolument monstrueux tant du point de vue de l'esthétique que de la morale.

Je ne les ai pas vus, dit Eline.

Ah bon ? demanda Anton.

Elle détourna le regard. Jana avait rencontré Eline sur les lieux de l'agression, donc si elle s'était aventurée jusque-là, elle avait dû voir les immeubles, au moins leurs abords. Anton ne savait sans doute pas qu'elle s'était rendue là-bas et je me demandai ce qu'elle lui avait caché d'autre, combien de secrets il pouvait y avoir entre eux.

Quoi qu'il en soit, reprit-il, cette maison n'a rien à voir avec les abominations qui ont fait sa richesse, quand il s'agit de son propre lieu de vie, il sait comment faire sa pelote.

Je songeai que c'était une drôle d'expression, vieillotte et un peu affectée, comme sa canne. Il poursuivit.

Malgré une certaine timidité initiale, j'ai bien vu que ça les excitait de faire visiter leur maison, ils m'ont traîné de pièce en pièce, montré les vastes étendues de marbre, l'éclairage fait sur mesure, la cheminée en faïence restaurée ; je t'assure qu'une fois qu'ils ont trouvé leur rythme, ils n'ont vu aucun problème à faire monter et descendre des escaliers à un estropié.

Anton, protesta Eline.

C'est bien ce que je suis, dit-il. Avec moi, Lars et Lotte peuvent se vautrer dans leurs privilèges sans honte, Lotte peut parler du papier peint et des finitions, elle peut étaler toute sa bêtise, ça n'a pas d'importance puisqu'elle le fait devant moi, l'estropié. Je ne suis pas tout à fait un sous-homme, mais nous savons tous où nous nous situons dans l'ordre hiérarchique, je suis quelques rangs en dessous d'eux. Surtout dans mon état actuel, ce genre de chose n'arrive tout bonnement pas à des gens comme Lars et Lotte.

Mais ça aurait tout à fait…

Peu importe, dit Anton. Peu importe, ce n'est pas la question. Laisse-moi finir. Donc Lars et Lotte me traînent dans la maison, la cuisine, le cellier, la chambre d'amis, et même leur chambre à coucher, bon sang, avec le lit king size et les draps Frette en lin et la puanteur du sexe bourgeois qui est bien sûr le plus pervers de tous les types de sexualité, et voilà que Lotte ouvre la dernière porte et dit d'une voix triomphale mais particulièrement timide – bon, tout compte fait, je l'aime bien, Lotte, ce n'est pas sa faute si elle est si bête – Et voici la bibliothèque.

Oh non.

Je clignai des yeux. Anton adressa à sa sœur un regard qui se voulait sévère, puis se tourna vers moi et se dépêcha de reprendre :

Elle m'a fait entrer et je n'arrivais pas à dire si elle était vraiment fière ou si elle s'imaginait que ça me plairait juste à cause de mon métier. De toute façon j'étais sans voix, ma mâchoire s'est décrochée quand j'ai reconnu les mètres de livres achetés par cet imbécile de décorateur d'intérieur, les encyclopédies et les monographies, toute la collection de nullités que nous avions vendue trois, quatre ou cinq fois le prix à ce décérébré, joliment arrangée sur les étagères. J'ai éclaté de rire au milieu de la bibliothèque, je n'arrivais plus à m'arrêter, au bout d'un moment Lotte s'est inquiétée et a demandé ce qui se passait. Je me suis calmé et je l'ai rassurée en lui disant que c'était juste la joie qui parlait, que jamais de ma vie je n'avais vu de bibliothèque aussi belle. Elle n'a pas été tout de suite convaincue, je suis connu pour mon ironie, je voyais qu'elle essayait de savoir si je me moquais d'elle.

C'est affreux.

Ne t'inquiète pas, j'ai fini par la convaincre. Nous sommes redescendus – Lars était retourné dans la cuisine un peu avant pour surveiller le repas – et Lotte s'est carrément adressée à Lars en roucoulant, Anton adore la bibliothèque, il dit que c'est la bibliothèque la plus parfaite qu'il ait vue de sa vie. Lars m'a regardé, je voyais à sa tête qu'il savait – non pas que je lui avais vendu les livres, ce n'était pas Lars qui avait eu affaire au décorateur d'intérieur – mais il savait que je m'étais moqué de Lotte. Après, il ne m'a plus regardé de tout le dîner tant il me méprisait. Mais Lotte était d'excellente humeur, et j'ai vu Lars lui adresser un regard d'une telle… d'une telle tendresse, tellement plein d'amour et d'affection.

Anton avait enfin ralenti et observait Eline.

Ils s'aiment vraiment, tu sais. Malgré tout leur argent. Lars pourrait tuer pour Lotte, j'en suis sûr. Tue-moi, si on en arrive là.

Eline secoua la tête et se leva.

Tu as fini ? demanda-t-elle avec un sourire. J'acquiesçai, et elle se mit à débarrasser la table. En tout cas, tu ne ressors pas grandi de cette histoire, dit-elle à son frère.

Je ne cherche jamais à donner une bonne image de moi, rétorqua-t-il calmement. Reconnais-le.

Eline revint avec du poisson et des pommes de terre vapeur, puis nous resservit en vin. Bref, dit-elle avec un soupir en baissant les yeux vers Anton. Santé. Je suis contente que tu sois là. Anton a eu un très grave accident, ces deux derniers mois ont été compliqués. C'est arrivé près de chez Jana.

Jana ? demanda Anton.

Notre amie commune, précisai-je. J'attendis qu'Eline ajoute quelque chose sur la façon dont elles s'étaient rencontrées, mais elle garda le silence et nous servit à manger.

Eline déforme un peu l'histoire, dit Anton en tendant son assiette à sa sœur. J'ai été agressé. Ça n'avait rien d'un accident. Accident fait plus humain, les gens normaux ont des accidents, il n'y a que les idiots et les malchanceux qui sont agressés.

Je regardai Eline, ses traits tirés, elle semblait agacée et peinée, mais pas tellement gênée. Elle tendit son assiette à Anton.

J'ai été agressé, répéta Anton en récupérant son assiette. Agressé et dévalisé. Dans ce quartier, justement.

Je suis désolée, dis-je. Je me suis demandé…

La cicatrice ? Et les bleus ? Oui, tout ça c'est l'agression, ils ont pris mon téléphone, mon portefeuille et ma montre, mais ils m'ont aussi salement tabassé. Il fit une pause. C'est la malveillance qui fait peur. Ils n'étaient pas obligés de faire ça, ils avaient mon argent. Je n'ai pas vraiment résisté.

Ils étaient plusieurs ?

Il secoua la tête :

Je ne m'en souviens pas.

Comment ça s'est passé avec la police ? demanda Eline.

Anton coupa sa nourriture. Tout en mâchant, il posa sa fourchette et son couteau sur son assiette. Il prit une gorgée de vin et déglutit.

J'ai eu droit à une séance avec un hypnotiseur, finit-il par dire.

Un hypnotiseur ? s'étonna Eline.

Oui.

J'ignorais qu'on faisait ce genre de choses. Ça a marché ?

Il se carra dans sa chaise.

Eh bien, moi aussi ça m'a surpris. Je suis arrivé au commissariat, ils m'avaient convoqué pour me poser d'autres questions. On m'a emmené dans un bureau, servi du café, tout ça. Et puis ils m'ont dit qu'ils voulaient essayer quelque chose d'un peu inhabituel… si j'étais d'accord, bien sûr. J'ai répondu oui en me demandant à quoi ils pensaient.

Il ressemblait à quoi ?

Qui ça ?

L'hypnotiseur.

Anton haussa les épaules.

Il était habillé comme un petit bureaucrate. Au début, je l'ai pris pour un des inspecteurs. Il avait une voix très apaisante, en tout cas. Bien sûr, j'étais méfiant. Ces choses-là ne sont pas trop mon genre, je n'y crois pas. Mais j'avais dit oui. Je n'avais jamais été hypnotisé et je trouvais cet homme intéressant, je dois avouer.

Et ça a marché ? Eline se pencha par-dessus la table, l'air attentif.

Non.

Rien de nouveau ?

Je crains que non. Il m'a fait son petit numéro, m'a ramené au moment de l'agression, m'a replacé dans mon corps, à moins qu'il m'en ait fait sortir ? Quoi qu'il en soit, ça n'a été d'aucune utilité. Je ne me souviens de strictement rien, sous hypnose ou pas. Je sais seulement ce qu'on m'a rapporté.

Il reprit son verre de vin. But une longue gorgée, ses paupières n'arrêtaient pas de battre. Eline se racla la gorge.

C'est un genre d'amnésie, m'expliqua-t-elle. Il ne se souvient de rien de la nuit de l'agression.

Apparemment, c'est très commun après une sévère commotion, dit Anton. Bien sûr, c'est on ne peut plus frustrant pour la police. Ils s'attendent sans cesse à ce que je me souvienne de quelque chose et, comme vous pouvez le constater, ont recours à des mesures désespérées.

Vous ne vous souvenez pas de qui vous a attaqué ? demandai-je.

Non. J'ai tout oublié... qui m'a attaqué, ou pourquoi j'étais dans ce quartier que je n'ai pas l'habitude de fréquenter, je n'y étais jamais allé de ma vie avant ça, c'est un vrai trou à rats, pas le genre d'endroit où je suis susceptible de me rendre. Toutes mes excuses à votre amie. Il baissa les yeux, le regard fuyant, les lèvres serrées, ce qui me persuada qu'il mentait. J'imagine que c'est une espèce d'amnésie sélective, continua-t-il d'une voix suave et trop douce. La réaction du cerveau à cet affreux traumatisme.

Ce que je ne comprends pas, dit Eline, c'est que tu ne te souviennes pas de pourquoi tu étais là-bas. Que tu aies oublié l'agression, je l'entends, mais oublier tout ce qui entoure l'événement... Je voyais qu'Eline se débattait avec la formulation et me demandai si elle aussi mettait en doute les dires de son frère, si elle aussi trouvait que quelque chose n'était pas crédible dans son récit. Mais la décision d'aller là-bas, ça remonte forcément à avant le traumatisme.

Comment est-ce que je pourrais le savoir ? dit-il brusquement. Si je le savais, je ne serais pas dans cette situation. Ça n'a rien d'agréable tu sais, ce n'est pas comme si je le faisais exprès. Mon corps n'était déjà qu'une ruine, et maintenant c'est le tour de mon cerveau. Le ton était irrité et il avait le visage rouge. C'est comme si on m'avait enlevé un bout de cerveau et j'aurai beau faire, rien ne me le rendra. La police pense que si elle posait les bonnes questions, les vannes s'ouvriraient et je pourrais reconnaître mes agresseurs lors d'une séance d'identification. Sauf que rien ne me vient. J'ai passé des heures au poste. J'ai consulté mon agenda, mes messages. Je me suis laissé hypnotiser, nom de Dieu. Mais rien n'y fait.

Chut, dit Eline, qui tendit la main vers lui. Calme-toi.

Il se dégagea.

Oui, dit-il méchamment, c'est aussi ce que dit Miriam.

Le silence se fit autour de la table. Il sait, pensai-je d'un coup. Il en sait plus que ce qu'il dit. Eline commença à débarrasser et je me levai pour l'aider. Il y avait des fruits en guise de dessert et peu après j'annonçai qu'il me fallait y aller, j'avais une audience le lendemain et je devais me reposer. L'ombre de la solitude avait plané sur moi quand j'avais observé Eline et son frère, parce que, par-delà toutes leurs anicroches et leurs secrets, ils partageaient une grande complicité riche en sous-entendus et en compréhension mutuelle. Anton acquiesça, et à ma plus grande surprise il se leva à son tour en disant que lui aussi devait partir. Il me suivit dans le couloir. J'avais conscience de sa présence d'une façon différente alors que nous enfilions nos manteaux, et quand je me retournai pour remercier Eline, je vis un avertissement dans son regard interloqué.

Dehors, Anton m'accompagna sur une partie de la rue jusqu'à ce que j'aperçoive un taxi et dise que j'allais le prendre. Il héla le taxi, m'ouvrit la portière avec courtoisie, et au moment où je montais dans le véhicule, je lui dis que j'avais été heureuse de faire sa connaissance. Il se pencha et répondit qu'il espérait me revoir très bientôt. Sa voix était malicieuse et le mouvement de son corps vers le mien avait quelque chose d'obscène, au point de me rendre nerveuse. Mais il me vint à l'esprit que c'était peut-être dangereux pour Anton de marcher seul dans la rue, vu son état, alors je lui proposai de le déposer quelque part. Je devinai qu'il pourrait l'interpréter comme un genre d'invitation, même si ce n'était pas mon intention. Il s'éloignait déjà en secouant la tête et agita sa canne. Pas ce soir, lança-t-il par-dessus son épaule, pas ce soir.

13

J'envoyai un mail à Eline afin de la remercier pour le dîner. Elle répondit qu'elle était contente de me savoir bien rentrée, une phrase qui semblait se référer au moins en partie à son frère et à laquelle je ne savais trop comment réagir. Je songeai qu'elle essayait de me soutirer des informations, ce qui me fit hésiter encore plus, et son mail traîna dans ma messagerie sans que j'y réponde.

Une semaine plus tard, Amina entama son congé maternité. En cabine, Robert devint mon binôme régulier et l'on s'habitua rapidement l'un à l'autre. Il était gentil et avait l'air de comprendre que la situation exigeait de ma part un petit temps d'adaptation. À la fin de notre première journée de travail, il m'accompagna jusque dans le hall et me dit de me ménager. Le procès durerait encore des mois. Il faut que tu voies ça comme un marathon. Nous étions arrivés à l'entrée et il fit une pause pour m'aider à enfiler mon manteau. Des mois, répétai-je en boutonnant mon manteau et en enroulant une écharpe autour de mon cou. J'entendis l'incrédulité dans ma voix alors que je savais déjà que le procès pouvait être long. Il me tapota l'épaule. Je ne veux pas avoir l'air d'un vieux de la vieille, dit-il, mais tu t'habitueras. Ça finit par devenir normal.

Il avait raison. Dès la semaine suivante, je remarquai que les aspects extrêmes du procès – sur la forme comme sur le fond, les contraintes physiques des journées en cabine – passaient peu à peu au second plan. J'étais moins déprimée en sortant du travail, bien qu'à ce stade du procès nous fussions empêtrés dans des détails techniques, des témoignages d'une précision anesthésiante s'étirant pendant des heures sans donner de façon claire le moindre avantage à l'accusation ou à la défense.

Ces audiences me firent comprendre également à quel point l'ancien président était discipliné. Le col roulé et le pantalon chino furent remplacés par le costume sur mesure qui s'accompagnait d'une mine sérieuse, pour ne pas dire digne. Je compris mieux cette volonté incroyable qui conférait son pouvoir à cet homme. Contrairement aux avocats et parfois aux juges, son visage ne le trahissait jamais. Il afficha la même expression tout du long, l'expression d'un intérêt vif, mais impersonnel. Il gardait le contrôle de ses affects comme un champion dans les concours d'éloquence, cherchant des ouvertures, attentif à tout, un homme qui ne concédait rien et n'avait rien à cacher. Pas une fois je ne vis chez lui l'indifférence morne que j'avais observée chez d'autres accusés, ou que j'avais décelée dans la salle de réunion, une expression qui semblait postuler que ce qui était en train de se passer n'avait quasiment aucun intérêt, et que sa culpabilité était jouée d'avance.

Non, il n'avait rien à voir avec l'homme de la salle de réunion – même si j'avais sans doute su depuis le début que cette personne, ce compétiteur poli et impitoyable, rôdait quelque part à l'intérieur du personnage plus impulsif rencontré plus tôt. À cette période, il ne fut pas appelé à la barre, et pourtant chacun de ses gestes était hautement calculé. En entrant dans le prétoire, il levait les yeux vers le public, vers son public, et saluait d'un mouvement de tête ses supporters encore nombreux, si nombreux que je me demandais s'ils avaient fait le voyage jusqu'à La Haye, comment ils pouvaient s'offrir de rester en ville pendant des semaines, quel genre de vie ils menaient dans cette contrée pluvieuse.

Son regard allait de la galerie aux cabines d'interprétation où j'étais installée. Il me regardait, assise de l'autre côté de la vitre, et hochait la tête. Comme pour saluer le travail que j'effectuais, comme pour montrer combien il était attentionné et poli. Ceci devint la routine, mais la première fois, ce fut si inattendu que ça me parut surnaturel, comme s'il avait abattu le quatrième mur. Robert eut un petit mouvement de surprise et je rougis. En bas, Kees tendait le cou pour regarder les cabines. J'hésitai puis acquiesçai en retour, ne sachant pas quel était le protocole dans ces cas-là. Ensuite, l'ancien président se mit à parler à l'un de ses avocats juniors. Je tournai la tête et vis que certains des supporters dans la galerie publique regardaient dans ma direction, curieux, l'attitude de l'ancien président n'était pas passée inaperçue. Dans le prétoire, Kees retourna à ses papiers en secouant lentement la tête.

À partir de là, l'ancien président ne manqua jamais de me saluer, au début et à la fin de chaque audience. Ces premiers jours dans la Chambre I, j'étais persuadée que je ne m'y ferais jamais, le sens de ce salut restant pour moi obscur. Était-ce de la simple politesse ou était-ce quelque chose de plus sinistre, de plus calculateur et manipulateur ? Mais comme Robert me l'avait dit, ce devint normal. Nous nous adressions un signe de tête et puis nous nous détournions.

Durant ces longues heures dans la cabine, j'avais parfois la sensation déplaisante que de tous les gens présents dans la salle d'audience, de tous ceux qui peuplaient la ville, l'ancien président était la personne que je connaissais le mieux. Dans ces moments, à cause d'un excès d'imagination, je ne saurais le décrire autrement, je me retrouvais à tout envisager de son point de vue. Je frémissais quand les débats semblaient en sa défaveur, j'étais presque soulagée quand ils allaient dans son sens. C'était extrêmement troublant, j'avais l'impression d'être dans un corps que je ne désirais pas occuper. Ma perméabilité me dégoûtait. J'évitais de plus en plus de baisser les yeux vers la salle, je me concentrais sur les notes devant moi, sur les mots prononcés dans mon oreillette. Il était pourtant toujours là, assis à un bout de la salle, je ne pouvais lui échapper, il était inévitable.

Ensuite, l'accusation appela à la barre la première d'une série de victimes dont le témoignage, promit le procureur, rappellerait au tribunal la gravité des crimes commis par l'accusé, le poids moral des questions posées par ce procès. Robert m'avait prévenue que le témoignage des victimes était presque toujours le plus difficile à interpréter ; il m'avoua que, plus tôt dans l'année, il avait dû se retirer pendant le témoignage d'une jeune mère dont les enfants avaient été sauvagement assassinés, leurs bras arrachés avant d'être tués. J'ai des neveux et nièces, me dit-il d'une voix tremblante, je n'ai eu aucun scrupule à prévenir que je ne pourrais pas prendre ça en charge.

Quand j'arrivai dans la cabine, Robert était déjà là. Je ne parvenais pas à savoir s'il était plus sombre que d'habitude ou si je projetais ma propre tension sur lui, je n'avais encore jamais interprété de témoignage de victime. Il désigna d'un mouvement de tête la cabine d'en face et je levai la main pour saluer les deux interprètes embauchés pour l'occasion, qui levèrent la main en retour ; ces collègues traduiraient en français le témoin qui parlait dioula, et nous les traduirions en anglais. Je m'assis, vis que les rideaux de la galerie publique étaient fermés. Pour la retransmission vidéo, le visage du témoin serait déformé par un logiciel, sa voix serait également altérée, toutes les précautions étaient prises pour assurer son anonymat. Presque toutes les victimes avaient de la famille au pays et prenaient un risque considérable en choisissant de témoigner. Un risque qui pouvait se transformer sans prévenir en sacrifice réel, en violence voire en mort pour leurs proches.

Le poids moral de la situation se faisait déjà donc clairement sentir dans la salle d'audience, et alors que les gens entraient, je leur trouvai une expression plus sombre à eux aussi. Il n'y avait pas de sourires, ni de démonstrations visibles d'humour, ni cette frénésie que j'avais remarquée à quelques occasions. Tout cela était remplacé par une espèce de sérieux ouaté, du genre dont les personnes présentes n'avaient même pas vraiment conscience ; pour une fois, nul ne semblait jouer, que ce soit pour soi ou pour les autres. Même Kees, quand il entra, passant les mains dans ses cheveux, semblait mesuré, se contentant de s'asseoir et de lire le texte sur l'écran devant lui.

Quand on fit venir l'ancien président, je vis aussitôt qu'il n'avait aucune intention de se soumettre à l'humeur générale, que pour lui, retenir ainsi ses émotions était une concession à l'ampleur de la perte subie par les victimes, et donc à la gravité des crimes dont il était accusé. Ou peut-être n'avait-il simplement pas l'habitude de ne pas être au centre de l'attention. J'observai cet air de mépris qui semblait déferler sur lui par vagues alors qu'il levait le menton et contemplait la salle d'audience, les yeux fixés sans hésitation sur la barre des témoins avant de passer en douceur à autre chose, comme pour montrer qu'il n'avait rien à craindre, aucune raison de s'inquiéter. Je fus secouée par un dégoût si puissant que j'en eus le goût dans la bouche.

Les juges entrèrent. En quelques instants, du moins me sembla-t-il, la présidente avait demandé qu'on fasse entrer le témoin. La porte latérale s'ouvrit et une mince jeune femme entra. Elle était obligée de passer devant l'ancien président pour rejoindre la barre des témoins, ce qu'elle fit, le corps rigide et sans regarder dans sa direction.

Il se pencha en avant, joignit les mains sur le bureau et l'étudia attentivement. Elle n'avait pas l'air d'avoir plus de vingt ans. L'huissier lui versa un verre d'eau, ajusta le micro. Le témoin semblait à peine réagir, son visage était vide de toute expression. Tout cela était une épreuve pour elle, manifestement, elle était assise très raide sur sa chaise et regardait droit devant elle, comme si elle avait peur de bouger.

Merci d'être parmi nous aujourd'hui, dit la présidente. J'avais l'impression que sa voix était plus douce qu'à l'accoutumée, comme si elle prenait garde de ne pas faire sursauter le témoin. Vous avez une fiche sur la table avec le serment. Pourriez-vous le lire, s'il vous plaît.

La jeune femme s'humecta les lèvres, puis se pencha et parla dans le micro. À ses mots, je constatai que je m'étais trompée, ce que j'avais interprété comme de l'angoisse était une concentration extrême, elle était venue ici pour accomplir une tâche monumentale et elle se révéla une femme d'un grand courage. En lisant le serment de la Cour et en jurant de dire la vérité, sa voix, qui était profonde, forte et souple, envoya une onde à travers la salle. Je vis que je n'étais pas la seule à réévaluer mon jugement, l'ancien président lui-même leva les yeux en l'entendant, et pour la première fois je reconnus dans ses yeux quelque chose qui s'apparentait à de la peur.

La présidente fit preuve d'une sollicitude extrême envers le témoin, lui demandant comment elle se sentait, la remerciant d'être à la Cour, et l'assurant de la valeur de son témoignage. La jeune femme hocha la tête, mais alors que la juge lui communiquait le soutien de la Cour, je voyais que cela ne lui était d'aucune utilité, elle ne comprenait que trop bien ses limites, elle n'avait pas fait tout ce chemin pour avoir le soutien de la Cour, mais pour sa promesse de justice. La Cour avait déjà recueilli sa déposition, dit la présidente, détaillant les circonstances dans lesquelles ses frères et son père avaient été tués. Le témoin pourrait à présent être interrogé par les deux parties. La présidente marqua un temps avant de dire qu'elle était vraiment désolée de lui demander de revenir sur les événements de cette journée abominable, des événements dont elle savait qu'ils étaient profondément traumatisants. Le procès, par sa nature, exige plus des victimes que de l'accusé, déclara-t-elle, ce qui en soi est une autre injustice, et pour cela je ne peux qu'exprimer mes plus vives excuses. La jeune femme acquiesça. La juge dit ensuite qu'elle donnait la parole à l'accusation.

Le procureur se leva. Il dit qu'il se concentrerait sur une journée en particulier, durant les troubles qui avaient suivi l'élection. Il serait obligé de demander au témoin d'entrer le plus possible dans les détails et s'en excusait par avance. Il s'excusa aussi de lui parler en français puisque, malheureusement, il ne parlait pas sa langue. Il fit une brève pause durant laquelle ses paroles étaient traduites, et je regardai la cabine en face de moi. La jeune femme hocha sèchement la tête, le procureur se racla la gorge et examina ses notes avant de se lancer.

Vous étiez chez vous le jour en question, n'est-ce pas ?

La jeune femme se pencha en avant et répondit.

Oui, j'étais à la maison avec ma famille.

Mais vous étiez sortie le matin.

Oui. Je suis sortie le matin avec mes frères. Nous avions l'impression que ça s'était calmé, et nous voulions aller à l'école. Il y avait eu des coups de feu la nuit précédente qui venaient de cette direction.

Sa voix restait basse et ferme. Elle s'exprimait de manière très mesurée, si bien que chaque mot était un lien dans une chaîne très solide, même quand on passait d'une langue à l'autre. D'elle aux interprètes intérimaires, puis d'eux à nous. Le procureur acquiesça.

À quelle distance se situe l'école de chez vous ?

À environ dix minutes.

Et qu'avez-vous découvert en arrivant à l'école ?

La jeune femme but une gorgée d'eau.

S'il vous plaît prenez votre temps.

Elle regarda le procureur et secoua la tête comme pour dire qu'elle n'avait besoin d'aucune dispense, et continua.

Il y avait des corps partout.

Combien ?

Trente-deux.

Comment le savez-vous ?

Je les ai comptés.

Pourquoi ?

Qu'est-ce que j'aurais pu faire d'autre ?

Elle prononça ces mots le plus simplement du monde sans une once d'autoapitoiement. Robert interprétait et j'entendis sa voix devenir sèche. Il poursuivit.

Et ils appartenaient à l'ethnie ciblée ?

Oui.

Comment le savez-vous ?

Parce qu'ils étaient mes voisins. J'ai grandi avec ces garçons. Je les connaissais très bien. Je connaissais leur mère et leurs sœurs. Je savais ce qu'ils aimaient manger pour le dîner, ce qu'ils voulaient faire quand ils seraient grands.

Robert fit un geste, j'acquiesçai et pris le relais.

Et qu'est-il arrivé ensuite ?

Il y a eu d'autres coups de feu. En les entendant, on est rentrés à la maison. On a couru.

Que s'est-il passé quand vous êtes arrivés ?

Notre père nous a fait rentrer et mes frères et lui ont barricadé la porte. On entendait des cris qui venaient du bout de la rue. Je suis sortie en courant et me suis cachée dans la remise.

Où étaient votre père et vos frères ?

Ils étaient restés dans la maison. Je me suis enfuie toute seule.

Et ensuite, que s'est-il passé ?

Pendant que je travaillais, je devais me concentrer sur la voix de l'interprète dans la cabine d'en face qui était posée et précise, et recouvrait une bonne partie du discours de la jeune femme. Pourtant, sa voix me parvenait avec une clarté remarquable dans les interstices de l'interprétation, les syllabes distinctes, le timbre reconnaissable entre tous, si bien que j'avais encore l'impression de parler pour elle malgré les strates de langage qui nous séparaient.

Je dis : Il y avait le bruit des cris qui était de plus en plus fort et puis les hommes ont commencé à frapper à la porte. Je les entendais depuis la remise, j'entendais tout. Ils ont défoncé la porte et ils ont ordonné à mon père et à mes frères de s'allonger par terre. J'ai entendu les coups de feu et j'ai couru jusqu'à la maison…

Pourquoi avez-vous fait ça ?

Je fis une pause.

Parce que je voulais protéger ma famille.

Par quels moyens espériez-vous protéger votre famille ?

Avec mon corps. Il est petit et n'a pas l'air de grand-chose, mais il peut arrêter une balle.

Mais vous n'avez pas pu protéger votre famille ?

Non.

Un temps.

Quand je suis arrivée, mes frères étaient morts. Ils étaient alignés par terre, visage au sol. Mon père était à côté d'eux et je les ai suppliés d'épargner mon père, je me suis précipitée pour les arrêter. Mais un des hommes m'a frappée à la tête avec la crosse de son fusil et je suis tombée, je n'arrivais plus à bouger. Je les ai regardés tirer une balle dans la tête de mon père. Son sang s'est mêlé à celui de mes frères, j'ai hurlé, hurlé. Ils n'ont pas fait attention à moi en fouillant la maison pour prendre notre argent, notre radio et tout ce qu'ils pouvaient trouver, ils ont même mangé notre nourriture, la nourriture préparée pour le déjeuner. Ils ne respectaient ni les vivants ni les morts, ils riaient pendant que je hurlais. J'ai secoué mes frères et j'ai secoué mon père pour essayer de les ramener à la vie.

Je contemplai l'autre cabine où l'interprète leva les yeux tout en parlant, je continuai d'interpréter et l'on se dévisagea pendant un long moment.

L'autre interprète baissa les yeux quand le témoin fit une pause. Pardon, je ne me suis pas arrêtée pour l'interprétariat, dit-il. Je m'excuse. Le témoin leva les yeux vers les cabines. Je m'excuse, dis-je. Est-ce que je peux continuer ?

Quelqu'un dut lui indiquer qu'il s'était écoulé assez de temps, parce que la jeune femme reprit son récit. Alors que je la regardais, l'étrangeté de prononcer ses mots à sa place me donna des picotements dans tout le corps, l'immoralité qu'il y avait à employer ce *je*, qui était à elle et pas à moi, ce mot qui n'était pas assez vaste.

Je dis : Et puis ils sont partis. Ils ne pensaient pas que je valais la peine d'être tuée. Je n'étais rien pour eux. Mon chagrin n'était rien pour eux. Ils me trouvaient tout à fait insignifiante, une petite fille, je ne valais même pas la balle nécessaire pour me tuer.

Le procureur hocha la tête. Quand il reprit la parole, sa voix était très douce.

Et saviez-vous que ces hommes appartenaient à des groupuscules mobilisés par l'ancien président dans la foulée de l'élection ?

Kees bondit sur ses pieds.

Madame la présidente, on ne peut pas se baser sur les opinions du témoin pour…

Le témoin l'interrompit et il se tut. Je retins ma respiration en la voyant se pencher vers le micro, les bras posés sur le bureau, sa voix ferme.

Il y eut un léger temps de décalage, l'interprète de l'autre cabine parla, et je dis, ma voix chevrotant contrairement à celles de l'autre interprète et du témoin qui restaient fermes, assurées et fortes :

Si. Je n'ai aucun doute. Je sais exactement qui étaient ces hommes et pour quelles raisons ils venaient nous tuer. Je sais exactement qui leur a ordonné de tous nous exterminer.

Tandis que je parlais, je ne pus m'empêcher de jeter un regard de la jeune femme à l'ancien président. Qui n'avait pas besoin de ces différentes strates d'interprétation. Il était assis très droit et ne bougeait pas, le regard porté avec la plus grande attention sur le témoin.

14

Une semaine plus tard, je vis Anton dans un restaurant près de la Cour. Bettina m'avait invitée à déjeuner. Elle ne fréquentait généralement pas ses équipes, donc je me doutais qu'elle voulait me parler de quelque chose – de mon contrat, sans doute, et de la question de savoir si j'allais rester ou non à la Cour.

Cette histoire commençait à me peser de plus en plus chaque jour. Depuis le témoignage de la jeune femme, mes journées en cabine étaient devenues difficiles et je portais un nouveau regard sur mes collègues. Ils n'étaient plus vraiment ces individus bien adaptés que j'avais rencontrés à mon arrivée, mais montraient des fêlures alarmantes, une capacité à la dissociation que je n'imaginais pas supportable à long terme. Et puis il y avait la question d'Adriaan à laquelle je n'avais pas de réponse satisfaisante. Je ne savais pas si j'avais envie de partir ou pas. Mais si je partais, où irais-je ? Je n'étais pas encore capable d'envisager une alternative. Pour cette seule raison, l'extension de mon contrat à la Cour était un sujet important pour moi.

Bettina attendit la fin du déjeuner pour l'aborder, ce qui ne fit qu'exacerber mon état de tension et me gâcha en partie le repas. Nous déjeunions dans un restaurant italien, une vieille pharmacie qui avait été reconvertie. Nous étions assises à une table près des cuisines, d'où je pouvais observer le reste de la salle. Le restaurant était prisé pour les rendez-vous romantiques ou les grandes occasions, même si à cette heure il accueillait plutôt les repas d'affaires. Il n'y avait pas d'audience ce jour-là, mais je fus surprise de voir Bettina aussi détendue commandant son entrée et son plat. Je pensai qu'une fois sa commande passée, elle m'expliquerait le but de notre entrevue, mais elle continua de bavarder pendant qu'on nous servait, puis que l'on mangeait. Le restaurant était bondé à notre arrivée, puis se vida rapidement après quatorze heures, nous étions les seules à traîner de la sorte. Bettina ne disait toujours rien. Le serveur demanda si nous souhaitions voir la carte des desserts, Bettina répondit pour nous deux, commanda desserts et cafés, et enfin me dit, J'aimerais te parler de quelque chose.

C'est à cet instant précis qu'Anton entra dans le restaurant. Il arriva dans la salle avec le patron et lui dit quelque chose qui le fit éclater de rire, peut-être lui racontait-il une de ses histoires interminables. L'endroit où avait régné le calme vibrait désormais d'énergie tandis que les deux hommes traversaient la salle quasi déserte. Ils discutaient et gesticulaient avec enthousiasme, l'affection du patron semblait sincère, et je me dis qu'Anton devait être un habitué. Sa claudication était à peine perceptible, il était beaucoup plus en forme que la semaine précédente chez Eline et manifestement de meilleure humeur. L'hôte le conduisit à une table dans un coin. Il s'assit et posa sa canne sur le côté, puis lissa la nappe du plat de la main, c'était une très bonne table et il paraissait ravi de cet emplacement. Les deux hommes continuèrent d'échanger leurs plaisanteries bruyantes jusqu'à ce que le patron lui tende le menu et s'en aille. Anton abaissa le menu et sortit des lunettes de lecture qu'il chaussa sur son nez qui était – je m'en rendais compte pour la première fois – incroyablement grand. Comment se faisait-il que je ne l'aie pas remarqué plus tôt ? Puis il prit son téléphone et tapota sur l'écran avec énergie avant de le reposer. Si je t'ai invitée à déjeuner, dit Bettina, et je me retournai. Elle me regardait bizarrement, elle avait fait une longue pause. Si je t'ai invitée à déjeuner, c'est parce que j'aimerais prolonger ton contrat et pérenniser ton poste.

Même depuis l'autre bout de la pièce j'entendis le téléphone vibrer. Je dirigeai une fois de plus le regard vers la table dans le coin où Anton saisit son portable et jeta un coup d'œil impatient à l'écran, il attendait quelqu'un. Je le vis soupirer, retirer ses lunettes, il avait mis sa canne à côté de lui et contemplait désormais la pièce d'un air impérieux, les yeux plissés. Son regard se posa sur moi et je tournai aussitôt la tête vers Bettina. Elle poursuivit, Nous avons été très impressionnés par le travail que tu as accompli avec nous cette année. La période n'a pas été simple, une période de transition à divers titres pour la Cour.

Il allait falloir que je réponde, Bettina était déjà décontenancée par mon attitude. J'acquiesçai et dis merci. C'était insuffisant, mais je ne savais pas quoi ajouter. Je pensais distraitement à Adriaan, c'était une illusion de croire que nous étions encore ensemble, qu'il pourrait revenir vers moi. Je le savais. Pourtant, dans les moments où j'arrivais à voir au-delà de mon émotion et de mon ego, j'étais forcée de reconnaître cette vérité peu glorieuse : il suffirait d'un appel ou d'un mot pour que l'espoir renaisse. Si Adriaan m'envoyait un message à cet instant, s'il se contentait de dire qu'il rentrait dans quelques jours, je savais que je lèverais les yeux et dirais à Bettina que je serais ravie d'accepter en dépit du malaise que me causait mon travail.

Mais dans ces circonstances, en l'absence d'un tel message, je ne savais pas quoi répondre. Tout ce que je savais ou presque, c'était la persistance de mes sentiments pour Adriaan, mon attachement déraisonnable. À l'autre bout de la salle, Anton ne regardait plus dans ma direction, j'étais à peu près sûre qu'il ne m'avait pas remarquée. Il fronçait les sourcils en scrutant son téléphone, il était à ce moment où l'enthousiasme menaçait de virer à l'agacement et au reproche, peut-être devait-il voir un acheteur important ou un client qui cherchait à lui vendre un volume rare, il y avait comme quelque chose d'avide dans son attente. Le procès a été un défi intéressant, dis-je et Bettina acquiesça avec empathie.

Qu'est-il arrivé au témoin, où est-elle à présent ? demandai-je.

Bettina détourna le regard.

Ce n'est pas trop le genre d'information qu'on divulgue.

Bien sûr, murmurai-je.

C'est une affaire compliquée, ajouta-t-elle. Qui peut très bien ne rien donner. Mais quelles que soient l'issue du procès et ses conséquences sur la Cour, tu peux être contente, tu as bien travaillé.

Je me demandai ce qu'elle entendait par *ses conséquences sur la Cour*, quelles pouvaient bien être ces conséquences. Au même moment, une femme blonde entra dans mon champ de vision en passant derrière Bettina. Elle portait une jupe croisée de tailleur violet vif et ses jambes étaient musclées et nues, les tibias brillants d'avoir été épilés. Elle marchait avec impatience et appréhension, comme si elle gravissait une pente savonneuse. Je baissai les yeux et vis qu'elle portait des talons hauts à semelles rouges, des chaussures célèbres pour leur prix exorbitant et avec lesquelles il était presque impossible de marcher.

Les chaussures étaient sexy, ou du moins étaient-elles un indicateur sexuel explicite, peut-être étaient-ce avant tout des chaussures faites pour baiser, le genre que les hommes offraient aux femmes. À ma grande horreur, je vis que la femme se dirigeait vers la table d'Anton. Elle affichait une expression de détermination grisante comme si rien ne pouvait lui barrer la route, ni ces talons aiguilles ni ce sol glissant. Quant à Anton, debout dans une posture d'attention scrupuleuse et enthousiaste, il ressemblait tout à fait à un gros chien à qui on présente un morceau de viande crue. Elle émit un petit cri fébrile et pressa le pas, les talons claquant bruyamment.

Bettina parlait toujours.

En tout cas, nous serions vraiment très heureux si tu restais. Tu auras droit à une augmentation et la Cour a les moyens de t'aider dans ta transition pour que tu puisses faire ta vie ici, du moins d'un point de vue administratif.

Je me tournai pour regarder Bettina. Quelle vie ici ? pensai-je sans comprendre avant d'être rattrapée par la douleur.

Face à mon silence, Bettina poursuivit :

Ce n'est pas pour remplacer Amina pendant son congé maternité, nous avons un vrai poste à te proposer, permanent. Enfin, si ça t'intéresse.

J'acquiesçai.

Est-ce que je peux y réfléchir ?

Elle se carra dans son siège, un peu déçue.

Bien sûr, laisse-toi une semaine. Deux, même, dit-elle.

Je la remerciai et, tout en parlant, je coulai un regard vers la table en coin. Anton et la femme blonde étaient blottis sur leurs chaises. Elle était très immobile, son décolleté prêt à déborder sur la table pendant qu'Anton se trémoussait autour d'elle, à croire qu'il était incapable de ne pas la toucher, ses joues, ses mains, ses cheveux, sa bouche bougeaient sans cesse tandis qu'il l'inondait de paroles. Elle hochait la tête à l'occasion, souriant timidement, la pauvre femme semblait paralysée par tant d'attention.

Dans sa confusion, la femme clignait des yeux, et je vis qu'en dépit du charisme puissant de son corps, son visage était très ordinaire, les traits n'ayant rien de remarquable. Mais Anton avait raison d'être ravi de sa bonne fortune, elle représentait l'espoir d'une relation charnelle qui n'était pas sans valeur. Il était dans un état d'excitation extrême, au point de donner l'impression qu'il allait bientôt exploser, et il lui serra la main avec une telle force qu'elle émit un couinement. Elle le regarda avec une expression d'adoration sincère, le dévisageant tandis qu'il lui prenait la main et, avec un sourire malicieux, la posa sur sa cuisse. Pendant que je les observais, je compris qu'Anton était séduisant, un homme doté d'un pouvoir de fascination certain.

Est-ce que tu as des questions ? Quoi que ce soit qui puisse t'aider à prendre ta décision ?

Je tournai la tête vers Bettina. Elle avait l'air hésitante, mon comportement l'avait troublée. Elle se laissa aller en arrière sur sa chaise et dit :

Où est ta famille ? Je ne pense pas t'avoir déjà posé la question.

C'était vrai, Bettina ne m'avait jamais posé une seule question personnelle.

Ma mère a déménagé à Singapour il y a quelques années. Mon père est décédé.

Je suis désolée, dit Bettina et je secouai la tête.

Ça remonte à un certain temps, ce n'était pas une surprise. C'était même un soulagement, il a été longtemps malade.

Elle se racla la gorge.

C'est de là que vous êtes, Singapour ? demanda-t-elle, et je hochai la tête une fois de plus.

Je ne crois pas y avoir passé plus d'une semaine ou deux. J'ai déménagé de New York.

Oui, dit Bettina, beaucoup de gens à la Cour ont des histoires familiales similaires, à croire qu'un certain déracinement est un prérequis pour ce travail.

J'opinai. Du coin de l'œil, je vis Anton se lever et entraîner la femme blonde qui marcha d'un pas mal assuré. Elle vacilla et je me demandai si elle était déjà soûle, Anton avait commandé du champagne et ils avaient rapidement vidé leur coupe. Ils traversèrent la salle de restaurant, lui s'aidant de sa canne, la femme non loin derrière, ses talons claquant sur le sol. Ils sortaient sans doute pour fumer une cigarette. Je dis à Bettina que je lui donnerais ma réponse dès que possible, je ne la ferais pas attendre. Elle acquiesça et je lui demandai depuis combien de temps elle vivait aux Pays-Bas.

Dix ans.

Ça faisait beaucoup et, en même temps, moins que ce que j'avais imaginé. Assise en face de moi, elle semblait tellement faire partie de cette ville, elle comprenait la langue et les coutumes, les idéologies implicites de cette culture. Au bout du compte, il ne fallait qu'une décennie pour être chez soi quelque part, ce qui n'était pas très long.

Ça a nécessité quelques ajustements, ajouta-t-elle tandis que le serveur nous apportait le dessert. Elle attendit qu'il s'éloigne et prit sa fourchette. La ville n'est pas très abordable, et tout dans le paysage paraît à petite échelle, en tout cas par rapport à l'endroit d'où je viens. Je rentre chez moi quand je peux. J'ai besoin de retourner là où j'ai grandi, et en voiture, l'Allemagne n'est pas loin. Mais j'aime les Néerlandais, ils sont assez neutres, même si ça aussi, ça demande un temps d'adaptation.

À cet instant, Anton et la femme blonde revinrent en titubant dans la salle à manger. Il avait un bras autour de sa taille et elle s'appuyait lourdement sur lui, sans prêter attention à son état physique. Il supportait ce poids sans se plaindre, plus droit que je ne l'avais jamais vu. La blonde posa timidement la tête sur son épaule et je vis qu'elle avait la nuque rouge, les cheveux en bataille. En passant, elle tira sur sa jupe.

Je détournai le regard, le visage empourpré. Cette scène avait quelque chose de grotesque et d'excitant, ils avaient dû aller aux toilettes tirer un coup rapide, appuyés au mur. Ou peut-être s'était-elle mise à genoux pendant que lui était adossé au mur, peut-être qu'elle était assise sur le lavabo, le cul calé dans l'évier. En reprenant leur place, ils avaient l'air béats, un peu rouges, et un peu moins intéressés l'un par l'autre, aussi.

Le serveur arriva bientôt avec leurs entrées et je crus voir Anton souffler en contemplant l'assiette devant lui. Ils n'avaient même pas commencé, ils avaient encore tout un déjeuner à prendre avant de partir sans que ce soit malpoli.

Presque indifférente, la femme blonde prit sa fourchette et soupira. Anton lui serra la main comme par commisération. Ils parlaient tout bas en néerlandais et je n'avais pas particulièrement envie de tendre une oreille indiscrète. Des fragments de leur conversation me parvinrent néanmoins, *Il rentre demain, et c'est beau ici* et *mieux que le Sampurna.* Le mot *Sampurna* était familier et je me rappelai qu'il s'agissait d'un restaurant non loin de chez Jana, j'étais passée devant plusieurs fois et avais remarqué l'enseigne sans jamais y entrer. Je me retournai d'un coup pour les regarder. Anton était occupé à se bâfrer et la blonde mangeait rapidement. *Détends-toi*, dit-il, et même depuis l'autre bout du restaurant, je perçus l'irritation dans sa voix. *Personne ne sait qui tu es ici.* Je baissai les yeux par réflexe, comme pour dissimuler mon visage. Cette femme était sûrement la raison pour laquelle Anton s'était rendu dans le quartier de Jana, et la raison de son étonnante réticence à parler de l'agression.

J'observai de nouveau leur table, le couple étrange et improbable qu'ils formaient. Je pensai alors à Miriam – l'épouse d'Anton, une fois de plus absente et qui était trompée de manière si insouciante dans cette salle de restaurant où je me trouvais. Je pensai à Eline et avec quelle affection elle avait parlé de Miriam qui était comme une mère pour ses enfants. Mais alors que je les regardais manger – Anton s'était enfin tu, et le seul bruit qui parvenait de leur table était le cliquètement des couverts contre la porcelaine –, je compris que ce n'était pas l'infidélité qui me dérangeait. Non, ce qui me dérangeait, c'était le secret qui l'entourait, tous ces courants sous-jacents jamais dévoilés, y compris à ceux qui connaissaient le mieux Anton. Je me souvenais de son malaise évident quand Eline lui avait demandé une fois de plus s'il se rappelait pourquoi il était allé dans un quartier où il n'avait aucune raison de se rendre, hormis celle qui était assise à côté de lui dans ce restaurant à l'autre bout de la ville.

Et d'un coup, un frisson de peur me traversa – si Anton ne pouvait même pas dire à Eline pourquoi il était là-bas, n'était-ce pas à cause de Miriam ? N'était-ce pas parce qu'en dépit des agressions qu'il lui faisait subir, Anton trouvait encore quelque chose de sacro-saint dans l'idée du mariage, une illusion qu'il ne supportait pas de briser, aussi éloignée fût-elle de ce qui se passait réellement dans ce restaurant à cet instant ? C'était le pouvoir d'un mariage, et dans la foulée je pensai à moi, à Adriaan et Gaby.

J'avais beau avoir quitté l'appartement, j'avais beau être réaliste, j'avais quand même gardé espoir – qu'Adriaan me donnerait des nouvelles, qu'il reviendrait sans attaches de Lisbonne, que je regagnerais l'appartement et accepterais le poste à la Cour que Bettina venait de me proposer.

Je comprenais enfin qu'il me fallait accepter ce qui était et avait été évident depuis un bon moment. Adriaan ne reviendrait pas à La Haye sans Gaby. Leur mariage renaissait, le contrat renouvelé. Exactement ce que m'avait dit Kees. Adriaan était allé au Portugal pour sauver son mariage afin que ses enfants puissent grandir avec leurs deux parents dans la même maison, afin de reconquérir Gaby. Peut-être m'avait-il menti depuis le début, ou peut-être n'avait-il pas conscience de ses propres motivations au moment de son départ, quand il m'avait dit toutes ces choses et demandé de m'installer dans l'appartement. Peut-être était-ce seulement en arrivant à Lisbonne et en retrouvant Gaby que, surpris par la profondeur de ses sentiments, il avait su qu'il n'avait pas été sincère avec moi, son invitation à rester chez lui, les clés laissées sur le comptoir, tout cela était une erreur.

Quelque chose ne va pas ? demanda Bettina. Je secouai la tête à l'instant même où je m'apercevais que je pleurais, que les larmes étaient si nombreuses que j'y voyais flou.

15

C'est dans cet état d'esprit que je retournai à l'appartement d'Adriaan. Je voulais récupérer le livre acheté dans la boutique d'Anton, ou du moins c'était ce que je me racontais. Je savais que ce n'était pas une bonne idée, et je savais que d'autres raisons me poussaient à le faire. Mais l'envie était trop forte pour que j'y résiste et je m'y rendis tôt le lendemain matin. Je me servis de la clé restée au fond de mon sac. La bonne était passée depuis mon départ et l'appartement était impeccable, les traces que j'avais pu laisser – une tache sur le miroir, des résidus dans l'évier – avaient été minutieusement gommées. En arpentant les pièces, j'eus l'impression d'être transparente, comme si l'enveloppe de la peau qui me contenait avait été effacée. Je m'assis dans la cuisine et passai la main sur la table. La force du souvenir était frappante, je me remémorai non pas mes semaines solitaires dans cet endroit, mais les moments partagés avec Adriaan, ceux où il avait été assis en face de moi à cette table. Je sentais sa présence dans la pièce, comme un tremblement dans mon corps.

J'étais encore assise lorsque j'entendis une clé dans la serrure, la porte qui s'ouvrait. Un instant, je crus qu'il s'agissait peut-être d'Adriaan, mais quelque chose dans les mouvements qui me parvenaient ne correspondait pas et ma joie subite se transforma presque aussitôt en inquiétude. J'étais crispée de la tête aux pieds, comme s'il s'agissait d'un cambrioleur, quelqu'un qui entrait par effraction. La réalité était bien pire, c'était la femme d'Adriaan. Elle apparut dans le salon, vêtue d'un long manteau couleur fauve, un grand sac en cuir à l'épaule et les mains libres. Elle semblait revenir d'une réunion, même si je devinais que ce n'était pas le cas vu l'heure matinale.

Elle se figea en me voyant et pendant un long moment, nous nous dévisageâmes. Elle était exactement comme sur la photo : d'une beauté improbable et aussi très raffinée, comme si elle s'attendait toujours à ce qu'on l'observe. À l'inverse, j'avais les cheveux sales et n'étais pas maquillée. Mais même dans des circonstances plus favorables, même dans des circonstances idéales, je n'aurais jamais fait le poids face à la femme d'Adriaan. Je pris soudain conscience de la tache sur mon chemisier. Elle fronça les sourcils en laissant tomber son sac, puis retira son manteau et, alors qu'elle se dirigeait vers moi, j'eus la sensation d'être prise sur le fait – même si je ne savais pas précisément quel était cet acte répréhensible, je ne savais même pas si Gaby savait qui j'étais, ou si elle connaissait la nature de ma relation avec son mari.

Elle s'arrêta devant moi, perplexe. Peut-être se demandait-elle pourquoi Adriaan avait pris la peine de se mettre avec moi, à moins qu'elle se demande qui diable je pouvais être. Gênée, je me levai.

Nous ne nous connaissons pas, dit-elle enfin. Gaby.

Oui, répondis-je bêtement.

Vous êtes l'amie d'Adriaan. Vous vous êtes occupée de l'appartement.

Dans sa voix aux inflexions joviales et un peu dures, il était clair qu'elle entendait le mot *amie* comme un euphémisme et qu'elle se doutait bien de qui j'étais. Elle regarda autour d'elle.

On dirait que l'appartement n'est pas habité, tout s'est bien passé ?

Je n'avais toujours pas dit à Adriaan que j'étais partie. Je ne démentis pas, même si sa remarque n'était pas logique, et j'acquiesçai. Son attitude n'était pas ouvertement hostile, mais d'une neutralité étudiée.

Vous vous êtes déjà fait un café ? demanda-t-elle d'un coup. Elle n'attendit pas ma réponse et passa devant moi pour prendre deux tasses dans un placard.

Qu'est-ce que vous voulez ? Un cappuccino ? Un allongé ?

Un allongé, dis-je, et elle hocha la tête, me tournant le dos pour se concentrer sur la machine.

Je ne pouvais pas m'empêcher d'avoir l'impression qu'elle occupait l'espace avec une agressivité calme, que ce café n'était que performatif, qu'il visait uniquement à me rappeler qui était la véritable propriétaire de l'appartement.

Mais cela ne faisait aucun doute. Elle me tendit mon café dont je bus une gorgée avec prudence comme si le breuvage pouvait être empoisonné. Je n'étais pas la seule à être méfiante, elle aussi m'observait avec une certaine dose de vigilance comme si j'étais une entité inconnue, quelqu'un dont la présence dans sa vie pouvait soudain créer de l'instabilité. Je constatai que la rencontre était aussi compliquée pour elle que pour moi, voire plus pour elle, et j'étais à la fois étonnée et honteuse de ne pas l'avoir imaginé, malgré toutes ces fois où j'avais passé du temps à spéculer sur cette femme.

Cela ne me rendit pas plus compréhensive pour autant, et je vis que le sentiment était réciproque. Elle sourit, son expression aussi cassante qu'éblouissante.

Je m'excuse de passer comme ça, dit-elle, même si elle ne semblait pas du tout désolée. Est-ce qu'Adriaan vous a prévenue ?

Je secouai la tête, la bouche sèche.

Il peut être tellement mauvais en logistique, murmura-t-elle, comme si la relation qu'Adriaan et moi entretenions n'était qu'une question d'organisation et de gestion. Ou voulait-elle instaurer une espèce de connivence, deux femmes qui discutent des petits travers de l'homme qu'elles se partagent. Je ne savais pas trop où elle voulait en venir.

Elle alla à l'évier.

Tout le monde rentre dans une semaine, annonça-t-elle par-dessus son épaule alors qu'elle vidait son café dans l'évier. Adriaan, et les enfants aussi.

Elle se retourna pour me faire face et croisa les bras. Je ne savais pas trop ce qu'elle entendait par *tout le monde*, si elle s'incluait dans le lot, si cela impliquait une reformation de la famille.

Et vous ? demandai-je.

Je la fixai droit dans les yeux, n'ayant rien à perdre. Elle secoua la tête et regarda la pendule. Elle prit son sac.

J'ai une réunion à Rotterdam, dit-elle.

Et même si ce n'était pas une réponse, si son mouvement de tête avait été des plus ambigus, j'acquiesçai.

Elle alla au bureau du salon et ouvrit un tiroir, repoussa des papiers et des carnets, les fibres de la vie que je n'avais encore jamais vues ou que je n'avais jamais osé examiner. Elle fronça les sourcils en récupérant une pile de documents qu'elle mit dans son sac avant de refermer le tiroir. Elle prit son manteau qu'elle avait jeté négligemment sur le dos du canapé et se dirigea vers la porte.

Qu'est-ce que je fais des clés ? demandai-je.

Elle se retourna. Par-delà cette grande beauté, je vis une lueur de cruauté dans ses yeux. Elle contempla l'appartement, haussa légèrement les épaules.

J'imagine que vous pouvez les garder. Ça m'est égal.

Et sans attendre ma réaction, elle fit volte-face et s'en alla. La porte claqua derrière elle.

*

Je fis comme elle avait dit. Je remis les clés dans mon sac et quittai l'appartement. Alors que je traversais la ville en tram, j'avais l'impression qu'un rocher s'était écroulé au milieu de mon esprit. Gaby ne m'aidait pas à réfléchir, elle aspirait tout l'oxygène autour d'elle et je me demandai comment Adriaan avait pu vivre avec elle aussi longtemps. Mais ce n'était pas tout, il y avait autre chose. C'était le retour d'Adriaan.

Que signifiait-il et pourquoi ne m'en avait-il pas parlé directement ? Je repensai aux mots de Gaby, avais-je détecté un accent de défaite dans sa voix quand elle avait dit *les enfants aussi*, comme si c'était une bataille qu'elle avait perdue, la garde des enfants ? Ou était-ce de la résignation à propos de la vie à Lisbonne qu'elle avait abandonnée, de son choix de rentrer ?

Je regardai par la vitre du tram, mouchetée de poussière et de gouttelettes de pluie. Je devais déjeuner avec Eline que je n'avais pas revue depuis le dîner avec Anton. Je repensai non sans un certain malaise à ma rencontre avec lui la veille et je me demandai si je devrais en parler à Eline. Mais quasiment au moment où j'arrivai au café, quasiment avant qu'on s'installe, Eline déclara :

Anton m'a dit qu'il t'avait croisée hier.

Sa voix était joyeuse et je vis qu'elle se préparait au pire. Elle me regarda avec prudence, à la fois pleine de sollicitude et méfiante. Il me vint à l'esprit qu'elle croyait que son frère m'avait séduite ou cherchait à le faire. Alors qu'elle attendait ma réponse, sa bouche se pinçant d'appréhension, je compris qu'elle avait déjà connu cette situation, elle ne faisait qu'évaluer la gravité des retombées.

Oui, dis-je. Mais je croyais qu'il ne m'avait pas vue, il était assez préoccupé. Elle cligna des yeux. Je l'observai qui remettait de l'ordre dans ses idées, les paramètres de la situation ayant évolué. Il était avec une femme, dis-je à contrecœur.

Oh, dit-elle.

Je ne sais pas de quelle nature était leur rencontre.

Elle se carra dans sa chaise et l'air sembla soudain chargé d'une distance nouvelle entre nous.

Ils couchent ensemble ? Sa voix était cassante, on aurait dit quelqu'un d'autre. Cela n'a pas d'importance, ajouta-t-elle avant que je puisse réagir. J'ai souvent pensé que c'était une femme qui avait entraîné Anton dans ce quartier.

Elle fit une pause.

Était-ce une escort ? Anton aime les prostituées, il y a déjà eu recours.

Elle s'exprimait sur un ton trop ordinaire, comme si elle parlait d'une voiture ou d'un service de nettoyage, et une partie de moi recula.

Non, dis-je. Non. Ils étaient... ils avaient l'air de s'apprécier.

Mais elle ressemblait à quoi ?

Je secouai la tête.

Je ne pourrai pas vraiment te la décrire.

Elle me dévisagea un long moment, puis acquiesça.

Il y a un truc qui cloche dans cette histoire depuis le début. Je ne crois pas Anton quand il dit qu'il ne se souvient de rien de son agression. Je connais bien mon frère et je sais lorsqu'il ment. Mais pourquoi ne pas dire les choses simplement ? L'infidélité n'est pas plus choquante que ça et ce n'est pas comme si j'allais le raconter à Miriam, pas comme si... Il devrait savoir qu'il peut me faire confiance.

Peut-être qu'il est gêné ou honteux, dis-je. Je me rappelai ses mots au restaurant. *Détends-toi. Personne ne sait qui tu es ici.* Ou peut-être que cette femme est mariée, continuai-je, et qu'il a d'autres raisons de ne pas vouloir impliquer la police. Ça pourrait la compromettre d'une façon ou d'une autre.

Eline secoua la tête et émit un petit rire.

Il a un pot d'enfer, Anton. La police ne sait strictement rien. Ils n'ont pas le début d'une piste. S'il cache quelque chose, il s'en sortira. Il n'y a aucune preuve, les caméras de surveillance n'ont rien relevé ce jour-là. C'est comme si l'agresseur n'avait jamais existé. Elle se tut un instant. Il aime Miriam, tu sais. Mais il est difficile de lui demander encore et toujours d'accepter les termes de son amour.

Elle ruminait, je voyais bien qu'elle se parlait à elle-même plutôt qu'à moi. Je me demandai jusqu'à quel point elle croyait que l'agression avait été inventée de toutes pièces, qu'il ne s'agissait que d'une autre histoire d'Anton. Si c'était le cas, il jouait un jeu dangereux car la police avait dû chercher un suspect dans les logements sociaux, il avait dû y avoir des interrogatoires et je ne sais quoi encore. Des conséquences qui dépassaient de loin la vie d'Anton et d'Eline. Quelque chose dans mon regard trahissait peut-être mes pensées parce qu'elle parut soudain embarrassée. Nous ne nous connaissions pas assez pour que ces révélations nous rapprochent, nous nous étions mises à nu de la mauvaise façon au mauvais moment.

J'avais l'impression que je ne la reverrais plus. Je m'aperçus que cela faisait plusieurs semaines que je n'avais pas parlé à Jana. J'étais vraiment toute seule. C'est peut-être pour cette raison qu'au moment où nous nous apprêtions à partir, je lui demandai, Il n'y avait vraiment rien, sur les enregistrements des caméras de surveillance ? L'espace d'un instant, elle vacilla, parut saisir ce qu'elle était en train de dire sur son frère. Puis elle secoua la tête. Rien. Pas même un fantôme.

16

Une semaine plus tard, le procès de l'ancien président fut suspendu. La présidente ordonna au procureur de rédiger un rapport résumant en quoi les témoignages et les preuves présentées à la Cour confortaient les accusations portées contre le prévenu. Cette demande rebattait les cartes du procès ; la défense engrangeait des victoires inespérées. On me convoqua pour une dernière réunion avec l'ancien président. Malgré l'effondrement possible du réquisitoire, je n'étais pas du tout prête pour l'atmosphère d'étrange excitation qui flottait dans la salle de conférences quand j'arrivai au Centre de Détention. J'étais à peine entrée que l'ancien président me regarda avec une expression de triomphe, il désignait de la chaise à côté de lui et me dit de m'asseoir. Seuls deux membres de son équipe étaient là, il régnait une ambiance de dernier jour d'école. Je sortis un bloc-notes et du papier, il y avait une poignée de phrases sur lesquelles ils voulaient revenir dans le dernier témoignage, expliqua l'avocat, si j'acceptais de les aider.

Depuis le début, l'ancien président ne faisait même pas semblant de suivre la conversation, et il ne fallut pas longtemps avant qu'il s'exclame, Mais tout ça n'a aucune importance, aucune. Il était irrité, comme chaque fois qu'il était confronté à l'énonciation de ses crimes. L'avocat le regarda depuis l'autre bout de la table et demanda s'il voulait faire une pause. L'ancien président haussa les épaules, son équipe juridique avait fait un travail extraordinaire pour lui, mais alors même que le procès touchait peut-être à sa fin, son mépris semblait grandir, il voyait déjà le moment où ces gens ne lui seraient plus utiles.

Si vous avez besoin d'une pause, alors bien sûr, dit l'ancien président.

L'avocat se leva, avec lassitude.

Vous voulez quelque chose ? me demanda-t-il, et je secouai la tête.

Il sortit, mais l'associé junior resta. L'ancien président se tourna vers moi.

Je m'excuse pour mon collègue, dit-il d'un air hautain. Le procès est long, c'est très fatigant pour nous tous.

Il parlait comme si lui-même faisait partie de l'équipe de la défense, je supposai que d'une certaine manière c'était le cas. Le président sembla remarquer mon malaise. Une expression d'insatisfaction apparut sur son visage.

– Quelque chose ne va pas ? demanda-t-il.

Je secouai la tête.

– Mais si, quelque chose ne va pas, dit-il.

Je me tournai à contrecœur. Il m'observait, l'air aimable, voire inquiet. Il me dévisagea un long moment et afficha un sourire ironique.

– Ah, dit-il. Je vois. Vous pensez que je suis quelqu'un de mauvais. Malgré le non-lieu que je vais obtenir – puisque cela semble quasi assuré, désormais. Vous savez, mes avocats me disent que je serai peut-être libéré dans quelques semaines. Bientôt, je serai un homme libre. Et pourtant les fausses accusations et les faux témoignages vous ont montée contre moi en vous empoisonnant l'esprit.

Il leva une main.

Ne vous excusez pas, dit-il. Je n'en avais pas l'intention. Le petit théâtre de la Cour peut troubler les esprits les plus clairvoyants.

Je regardai droit devant moi, le corps immobile.

Vous savez, continua-t-il, la première fois que je vous ai vue, j'ai pensé : j'aime bien cette femme parce qu'elle n'est pas vraiment occidentale. Mais au bout du compte, vous faites partie de l'institution que vous servez.

À l'autre bout de la pièce, l'associé ne bougeait pas d'un millimètre, la tête penchée sur ses papiers. L'ancien président souffla lentement.

Vous devez bien voir que la justice de la Cour est loin d'être impartiale, vous venez d'un pays responsable de crimes et d'atrocités terribles. Dans d'autres circonstances, c'est votre département d'État qui serait jugé ici même plutôt que moi. Tout le monde le sait. Quant à votre race... Eh bien, moins on en dira sur l'histoire abominable qu'elle charrie, mieux ça vaudra.

Je ne pus m'empêcher de retenir ma respiration, un coup de chaud me parcourut la peau. L'air circulait à peine dans la pièce. Dans le coin, la lumière de la caméra de sécurité clignota. L'ancien président continua de me scruter. Il sourit comme si nous faisions simplement la conversation. Mais son visage se figea, la sympathie et le charme disparurent. Il se cala dans sa chaise.

Vous êtes assise là, tellement suffisante. Comme si vous étiez au-delà de tout soupçon.

Son visage était à quelques centimètres du mien.

Mais vous ne valez pas mieux que moi. Vous pensez que votre sens moral et celui de votre peuple diffèrent du mien. Et pourtant, rien ne nous sépare.

Il se redressa de nouveau et d'un geste brusque me congédia. Vous pouvez disposer, dit-il alors qu'il ajustait sa cravate et se penchait pour examiner les papiers devant lui. Je me levai lentement et rassemblai mes affaires. J'avais les jambes en coton et faillis trébucher en ouvrant la porte. Je fus incapable de regarder l'ancien président en quittant la pièce, je ne dis pas au revoir. Alors que je remontais le couloir, l'associé junior me courut après. Il m'interpella et je m'arrêtai, m'adossant au mur. Il se posta devant moi, perplexe.

Pourquoi vous n'avez rien dit ? Pourquoi l'avoir laissé vous parler sur ce ton ?

Parce qu'il n'y a rien de faux dans tout ce qu'il a dit.

Nous sommes restés là un moment. Nous nous comprenions et pourtant nous n'étions pas d'accord. L'associé était un homme qui se croyait objectif, il ne pouvait pas imaginer sa propre complicité, ce n'était pas dans sa nature. Mais j'étais différente. Je n'étais pas comme eux, je n'avais pas ça en moi. Il secoua la tête et tourna les talons pour partir.

Il ne le pense même pas, dit-il par-dessus son épaule. C'est une manipulation. C'est un manipulateur.

Je sais, dis-je.

Je partis si vite que je courais presque, jusqu'à ce que je me mette vraiment à courir. Je récupérai mon sac et franchis la porte, émergeant de cette obscurité pour retrouver le froid de l'extérieur.

Les voitures filaient près de moi, un klaxon retentit et je reculai d'un bond. Mes cheveux me fouettaient le visage. Je n'étais pas capable de retourner à la Cour. Je marchai plutôt vers la mer, dans les dunes, je marchai jusqu'à ce que je puisse voir l'eau et entende le ressac, jusqu'à faire disparaître la route, la ville, le Centre de Détention et l'homme qui se trouvait à l'intérieur. Je restai là un long moment et m'assis sur le sable. Le soleil tombait goutte à goutte dans la mer.

Je sortis mon téléphone et appelai ma mère à Singapour. Il était tard là-bas, mais il y avait des chances pour qu'elle décroche. Ce qu'elle fit après la première sonnerie, nous ne nous parlions pas souvent et je perçus aussitôt l'inquiétude dans sa voix.

Tout va bien ?

Sur le coup, je ne sus pas quoi répondre, puis je lui expliquai que je devais décider si je restais à La Haye ou pas. Le vent avait forci et elle dit :

Je ne t'entends pas, la liaison est très mauvaise.

Où es-tu ?

À la plage, dis-je, c'est le vent.

Oh, fit-elle d'une voix plus calme. On t'y a emmenée une fois. Celle de Den Haag ?

Les dunes, dis-je. En bordure de la ville.

Oui. On t'y a emmenée un week-end, il avait fait un temps exécrable. Mais ça n'avait pas gêné ton père. Vous avez couru dans les dunes jusqu'à l'épuisement et ensuite on a mangé des *poffertjes*. Tu t'en souviens ? Tu en as remangé depuis ? Tu adorais ça, quand tu étais petite.

Je ne me souviens pas d'être venue ici enfant.

À Den Haag ? J'imagine que tu étais très jeune. On voyageait beaucoup, à cette époque.

Ma mère ne sembla pas se rendre compte qu'elle avait dit quelque chose d'important, pour elle c'était peut-être un petit fait ordinaire de l'histoire familiale. Mais la nostalgie avait rendu sa voix chaleureuse. Le vent me plaquait à nouveau les cheveux contre le visage, je les repoussai et regardai autour de moi. J'essayai de voir le paysage clairement, j'essayai de comprendre le sentiment de familiarité qui me submergeait à présent. Ma mère garda le silence, puis me demanda si ça allait vraiment.

Tu sembles loin, dit-elle, soudain mélancolique.

Je vais bien, tout va bien.

On raccrocha quelques instants plus tard. Je restai sur la plage et quand je me levai, le soleil s'était couché depuis un bon moment, j'étais restée longtemps assise dans le noir.

*

Au procès de l'ancien président, une ordonnance de non-lieu fut formellement rendue deux semaines plus tard. Nous savions tous que cela était possible, le dossier du procureur, une fois remis, n'ayant pas du tout convaincu. Il y avait des failles dans l'accusation depuis le début, des difficultés à prouver la chaîne de commandement. D'un point de vue moral, l'homme était coupable ; d'un point de vue juridique, il était sans doute innocent. Bien sûr, tout le monde comprenait que cela était possible. Mais c'était autre chose de voir l'affaire ne pas aboutir, de voir les fissures s'agrandir les unes après les autres. Je vis l'incertitude se répandre à travers tout le bâtiment, proliférer comme de la moisissure.

Avant même le non-lieu, on avait commencé à pointer du doigt des responsables. J'observai tout cela de loin, mais savais qu'à l'intérieur des différents services, ces manœuvres étaient rapides et brutales, et je n'étais pas la seule à me demander combien de temps le procureur tiendrait. Pendant plusieurs jours, la Cour fut envahie par les journalistes – dans le hall, les couloirs, certains jours ils occupaient pratiquement toute la cafétéria, prenant les chaises pour former des groupes, penchés sur leur café, leur attitude toujours pressée et professionnelle. Ils suscitaient chez nous de la méfiance et de la fascination parce qu'il leur suffisait d'appuyer sur un bouton pour attirer l'attention sur un événement, une personne ou un lieu particuliers, et qu'ils utilisaient à présent ce pouvoir pour que le monde braque son regard sur la Cour.

Nous, les interprètes, n'étions que les figurants à l'arrière-plan des acteurs principaux, et pourtant, nous marchions sur des œufs, nous avions le sentiment d'être observés. Nous comprenions que l'histoire du procès était en train de s'écrire, ainsi que l'histoire de la Cour dont la réputation serait profondément affectée par cette affaire. L'ancien président avait déjà publié une déclaration accusant la Cour d'être un outil de l'impérialisme occidental, bien qu'assez inefficace, et que bien sûr, il se sentait innocenté par l'effondrement des arguments de l'accusation. La plupart des journalistes ne vinrent que pour les ultimes plaidoiries et réquisitoires. Ils n'avaient pas été présents durant les mois et les années qu'avait duré le procès, mais se présentèrent pour assister à la fin de la procédure et au chaos qui l'accompagnerait. Ils ne possédaient que des fragments du récit général, ce qui ne les empêchait pas de les assembler pour fabriquer une histoire comme on le ferait avec n'importe laquelle, une histoire avec une apparente unité.

Un après-midi, je vis de loin qu'un groupe de journalistes s'était réuni dans le hall. Surplombant les têtes et les caméras brandies, j'aperçus Kees. Il gesticulait en direction de la foule qui l'entourait et je remarquai la conviction avec laquelle il relayait son message ; tout était calculé, de la façon dont il se tournait vers les caméras aux regards qu'il adressait à chaque journaliste, la formulation précise, pouce et index joints puis doigts écartés en un grand mouvement de triomphe muet et respectueux.

Il termina sa déclaration et il y eut une avalanche de questions, de téléphones tendus vers lui, les journalistes l'interpellant. Il se pencha vers la journaliste qui l'avait emporté et – comme s'il avait senti mon regard au milieu de la demi-douzaine d'autres portés sur lui, une demi-douzaine ou peut-être plus – il quitta des yeux la femme qui l'interrogeait pour les fixer sur l'endroit où je me trouvais, à l'autre bout du hall. Impossible de déchiffrer son expression, mais sans l'ombre d'un doute c'était moi qu'il regardait. Plusieurs journalistes se tournèrent pour voir ce qui attirait ainsi son attention. Il me dévisagea un instant de plus et hocha la tête – en guise d'adieu, j'en étais quasi sûre – avant de se concentrer à nouveau sur les journalistes.

La même semaine, je dis à Bettina que je n'allais pas pouvoir prendre ce poste à la Cour. Elle ne sembla pas si surprise, peut-être s'y était-elle attendue vu le temps que j'avais mis à lui répondre, peut-être cela n'avait-il aucune importance face à la pagaille qui régnait au sein de la Cour ou peut-être avait-elle commencé à se douter de ce que je savais déjà : que je n'étais pas faite pour ce travail. D'une voix douce, elle me demanda néanmoins si ma décision était motivée par une raison particulière. Je lui dis la vérité : je ne pensais pas être la bonne personne pour ce travail. Je lus de la compassion sur son visage, j'essayai d'en dire plus, finalement, je ne pensais pas être vraiment qualifiée pour ce poste.

Tu es parfaitement qualifiée, dit-elle, le front plissé par la perplexité. Et tu as toujours fourni un excellent travail. Nous ne t'aurions pas fait cette proposition s'il y avait eu le moindre doute quant à tes qualifications. C'est aussi une question de tempérament. Certaines personnes ne sont pas adaptées à ce travail et peut-être que tu en fais partie. Si c'est le cas, mieux vaut le savoir avant pour ton bien comme pour le nôtre.

J'acquiesçai. Je voyais qu'elle commençait déjà à tourner la page. J'avais le sentiment de lui avoir fait perdre son temps. Elle avait raison de dire que c'était une question de tempérament et que je n'avais pas le bon. Toutefois je ne croyais plus que cette égalité d'humeur soit tenable ou désirable. Cela finissait par nous ronger de l'intérieur. Je n'avais jamais rencontré personne de plus serein que l'ancien président. Mais cela s'appliquait à tous – du procureur à l'équipe de la défense, aux juges et même aux autres interprètes.

Ils arrivaient à travailler. Ils avaient le tempérament qu'il fallait pour ce métier. À quel prix ?

Cette nuit-là, je m'aventurai dehors pour aller manger un bout, au restaurant chinois le plus proche. En entrant, la jeune femme à la caisse s'adressa à moi en mandarin, pleine d'espoir. Son visage s'assombrit quand je secouai la tête et à partir de là elle me traita avec plus de mépris qu'il ne semblait normal. Je me dis – je veux rentrer à la maison. Je veux être quelque part qui me fasse me sentir chez moi. Je ne savais pas où cet endroit se trouvait.

*

Je rejoignis Adriaan dans un café de son quartier. Nous avions eu l'habitude d'y aller ensemble et je m'y étais rendue plusieurs fois lorsque je vivais chez lui. À présent, le café me paraissait étranger, comme après une longue période d'exil. Attendre Adriaan avait altéré les lieux. Je m'assis à une table dans un coin, mon corps à ce point plombé que je n'étais pas sûre de pouvoir jamais me relever. Adriaan était rentré depuis une semaine à La Haye, mais nous ne nous étions pas encore vus, nous n'avions fait que nous parler au téléphone quelques jours plus tôt.

Il y avait eu un bref silence quand j'avais pris l'appel, et il avait dit : Je suis heureux que tu décroches. Tu as quitté l'appartement. Il parlait d'une voix douce, mais elle exprimait quelque chose de plus dur, de plus lourd, et je m'aperçus que ce silence entre nous n'avait pas été anodin pour lui. Je ne m'attendais pas à ce que tu partes si longtemps, répondis-je. Je m'efforçai de choisir des mots qui n'en disent pas trop, mais je ne pouvais pas aborder mes attentes, les espoirs que j'avais pu nourrir, sans sentir un vide s'ouvrir en moi. Il se tut, puis déclara que son séjour à Lisbonne avait été compliqué, mais qu'il était là, maintenant, et que ce serait mieux de nous voir pour parler.

Il fut donc décidé qu'on se retrouverait au café. Il arriva un peu après moi et je me levai dès qu'il passa la porte. Il traversa la salle jusqu'à ma table. Je fus surprise par l'émoi physique que sa présence provoquait chez moi, un état que j'avais presque oublié. Nous ne nous étions pas vus depuis deux mois. On se fit la bise, comme de simples connaissances. Il semblait avoir changé, même si, sur le coup, je ne sus dire en quoi, comme si une autre version de lui apparaissait sous ces dehors familiers.

J'ai vu, pour le procès, dit-il.

Je hochai la tête.

Les gens doivent être secoués.

Contrairement à certains, je ne crois pas que ça va menacer la Cour tant que ça. Mais c'est sûr que ce n'est pas une bonne nouvelle et ça ne fait plaisir à personne.

Tu as été son interprète ?

Je pris à nouveau conscience qu'il était parti depuis longtemps.

Oui.

Comment était-il ?

Mesquin et vaniteux, mais il a une connaissance très fine du comportement humain. Des endroits où le commun des mortels ne s'aventure pas. Ça lui confère un grand pouvoir, même quand il est confiné dans une cellule.

J'ai vu des reportages à Lisbonne, à la télévision.

J'acquiesçai et détournai le regard. Je l'imaginai dans cette ville que je ne connaissais pas, dans un appartement avec Gaby et les enfants, peut-être en train de regarder les mêmes journalistes que j'avais vus raconter ce qui se passait. Cette autre vie s'épanouissait sous mes yeux et la scène était plus douloureuse que je ne l'aurais imaginé.

Je ne suis jamais allée à Lisbonne.

C'est une ville magnifique, dit-il comme s'il ne pouvait s'empêcher d'être honnête. Très différente d'ici. Gaby voudrait que les enfants y restent, mais c'est compliqué. Leur école leur manque, ils ont leurs amis, ils ne vont pas s'installer au Portugal juste parce que leur mère en a envie. D'un autre côté, ils ont besoin de leur mère, bien sûr.

Adriaan hésitait, il ne voulait pas m'en dire beaucoup plus sur ce qui s'était passé à Lisbonne ou bien il ne savait pas comment le formuler. Il eut soudain l'air fatigué et je compris que ce qui était arrivé avait eu un impact sur lui comme ces deux derniers mois en avaient eu un sur moi, et il me vint à l'esprit que dans un éventuel futur lointain, nous vivrions peut-être dans un état d'harmonie prolongée, et que contre toute attente nous aurions réussi à vieillir ensemble. Nous serions peut-être l'un de ces couples qui se comprennent si bien, avec une telle profondeur et une telle histoire commune que nous n'aurions plus besoin de nous expliquer, notre routine établie depuis longtemps, notre connaissance l'un de l'autre et notre relation, absolue. Toutefois, peut-être que nous ne nous serions jamais raconté ce qui s'était joué durant ces deux derniers mois. Ce laps de temps resterait un point aveugle dans le rétroviseur de notre relation, autour duquel nous manœuvrerions avec précaution jusqu'à ce que cela devienne une seconde nature, jusqu'à ne même plus le remarquer.

Est-ce que ça veut dire que Gaby va rester à Lisbonne ? demandai-je.

Oui, dit-il doucement. Les enfants vivront ici avec moi et iront passer les vacances scolaires au Portugal. Ce n'est pas idéal, loin de là, j'ai bien essayé de le faire comprendre à Gaby. Mais elle ne voulait rien entendre. Je suis donc rentré avec les enfants et nous sommes là. Par plein de côtés, c'est un soulagement. Je suis soulagé. Ce n'est pas ce que j'espérais pour les enfants, mais ce n'est qu'en revenant à La Haye que je me suis rendu compte à quel point la situation me pesait. C'est bien d'y voir enfin clair, même si la solution est imparfaite.

J'espère que tu pourras bientôt les rencontrer. Mes enfants.

On m'a offert un poste permanent à la Cour.

C'est formidable !

Je l'ai refusé.

Je vois.

Mais je voyais qu'il ne voyait pas du tout, ou qu'il n'était pas sûr de ce que cela impliquait, si, en lui disant que j'avais décliné l'offre, je lui disais aussi que je quitterais La Haye, que je ne rencontrerais jamais ses enfants, qu'un avenir à deux était inenvisageable. J'avais dû prendre une décision sans lui, la prendre seule. Au bout d'un moment, il leva les yeux vers moi.

À cause du travail ? Ou à cause de moi ?

La question était directe, mais je vis qu'il avait besoin de savoir, son visage l'exprimait on ne peut plus clairement. Je regardai par-dessus la table et compris enfin ce qu'il venait de dire, que Gaby resterait à Lisbonne et que lui était rentré à La Haye, qu'il était revenu. Ça dépassait presque mon entendement. Avant que je puisse réagir, il poursuivit :

Je suis désolé de ne pas avoir appelé plus souvent. Je suis désolé de ce long silence. Il secoua la tête. Les choses ont été plus compliquées que prévu. La vérité c'est que j'aurais dû mieux me préparer, après tout j'ai été marié à Gaby pendant quinze ans. Mais je n'avais pas vu à quel point la situation s'était dégradée entre nous. Il me regarda et baissa la voix. Je suis désolé pour Gaby. J'ignorais qu'elle passerait à l'appartement, j'ignorais même qu'elle viendrait à La Haye. Je ne t'aurais jamais infligé ça si j'avais su.

Je sentais de la pression dans sa voix, dans sa façon de parler, et je vis qu'il comprenait, ou commençait à comprendre ce que j'avais vécu pendant les semaines de son absence. Et même s'il y avait des choses que j'avais voulu lui dire, des mots qui m'avaient maintes fois traversé l'esprit, des mots dont j'avais cru qu'ils devaient être prononcés, je me contentai de dire : Je comprends. Je pouvais tout comprendre, si les circonstances le permettaient et pour la bonne personne. C'était une force et une faiblesse. Je le dévisageai et songeai qu'après tout, malgré tout, il était possible qu'Adriaan soit l'homme qu'il me fallait.

Peut-être que tu pourrais quitter la Cour, dit Adriaan, mais rester à La Haye ?

Je tendis les mains sur la table. Il baissa les yeux vers elles, comme si elles ne lui étaient pas familières, comme s'il les redécouvrait enfin. Il les serra fort et me regarda avec intensité.

Je suis allée dans les dunes aujourd'hui, dis-je. Elles sont tout près de la Cour, mais je n'y étais jamais allée. Je n'étais jamais allée jusqu'à la mer. J'ai eu du mal à croire que cet endroit existait depuis tout ce temps. Que ce bout de mer était juste à la périphérie de mon champ visuel. Je baissai les yeux, je ne savais pas trop comment poursuivre, les mots semblaient si pauvres. J'ai découvert que j'étais déjà venue ici, que j'avais vécu à La Haye avec ma famille quand j'étais petite.

Je me tus. Peut-être que finalement, je ne pouvais pas l'expliquer – la perspective s'était brièvement ouverte, l'idée que le monde pouvait encore se former ou être retrouvé. Ce n'était qu'une étendue de sable, la même eau qui avait léché d'autres rivages. Et pourtant, un bref instant, j'avais senti le paysage autour de moi vibrer de possibilités. Je m'étais efforcée pendant si longtemps de mettre les choses à leur place, de les relier.

Et si on y allait ? demanda-t-il.

Je levai les yeux, surprise.

Maintenant ?

Oui. Ce n'est pas loin. Comme tu sais.

Je ne répondis pas. Adriaan fit un geste au serveur pour demander l'addition. Je me taisais depuis assez longtemps pour que ce silence soit lourd de sens. Il me faudrait prendre une décision.

Oui, dis-je doucement.

Je vis dans ses yeux qu'il y avait malgré tout une lueur d'espoir. Que nous pourrions reprendre à partir de là. Que ça suffirait. Il me prit par la main, le visage tourné vers moi. Alors je le dis une fois de plus. Je dis oui.

Remerciements

Je ne remercierai jamais assez l'Unité des affaires publiques de la Cour pénale internationale de La Haye et les interprètes Ahmed El Khamloussy et Andrew Constable d'avoir partagé avec moi leurs points de vue et leur expertise. Merci aussi à Hunter Braithwaite pour ses recherches inestimables et son esprit scientifique. Même si la cour de ce roman ressemble par certains points à la Cour pénale internationale, elle n'est en aucun cas censée représenter cette institution ni ses activités.

Merci Ellen Levine, Laura Perciasepe, Jynne Dilling Martin, Claire McGinnis, Clare Conville, Michal Shavit, Ana Fletcher et les équipes remarquables de Riverhead et Jonathan Cape. Merci aussi à Deborah Landau et à la communauté de la Writers House. De grands pans de ce roman ont été écrits à la fondation Santa Maddalena, et je remercie Beatrice Monti, Andrew Sean Greer et Andrea Bajani pour leur gentillesse et leur soutien.

Enfin, comme toujours et à jamais, merci à Hari.

Cet ouvrage a été composé
par Belle Page
et achevé d'imprimer en France
par CPI BUSSIÈRE (18200 Saint-Amand-Montrond)
pour le compte des Éditions Stock
21, rue du Montparnasse, 75006 Paris
en janvier 2023

PAPIER À BASE DE FIBRES CERTIFIÉES

Stock s'engage pour l'environnement en réduisant l'empreinte carbone de ses livres. Celle de cet exemplaire est de :
900 g éq. CO_2
Rendez-vous sur www.editions-stock-durable.fr

Imprimé en France

Dépôt légal : février 2023
N° d'édition : 01 - N° d'impression : 2069359
19-08-7281/7